天啊!我还清楚地记得,当时那种突然征服了我的恐怖的感觉,就像事情是现在发生的一样!我向往了整整一年的事情终于实现了。我们离开了贫穷的住屋……

◀ 我们又谈了两个多钟头。
天晓得我们还有什么事没有谈到的。

▲

我觉得,他好像在故意把自己的面孔装成阴郁的样子。

要知道,你只是用悲观失望来毁灭自己;
你没有耐性,也没有勇气。

我替妈妈害怕,为她的沉睡害怕,我怀着惊慌的心情,望着在被子上面显出她那肢体轮廓的弯曲而僵硬的线条……突然一个可怕的念头像闪电一般穿过我的脑子。

▶ 一见到她,我整个心灵都充满着一种幸福、一种仿佛是甜蜜的预感。

◀ 「为什么，」我想，「为什么我看到别人连外貌都和我的双亲不一样呢？我看到别人的脸上有笑容，我觉得奇怪，为什么我们家里就从来没有笑声和欢乐呢？」

涅朵奇卡
一个女人的遭遇

[俄罗斯] 陀思妥耶夫斯基 著

陈琳 译

江苏凤凰文艺出版社

为纪念我们的母亲陈琳同志。

——陈稚勉

新流出品

目录

一	1
二	38
三	71
四	107
五	126
六	192
七	225
译后记	294

一

我不记得我的父亲,我两岁时他就死了。我的母亲改了嫁。这次改嫁虽是由于爱情,但带给她很多不幸。我的继父是个乐师。他的一生异乎寻常:这是我所认识的人里最古怪、最奇特的一个。他特别深刻地留在我童年最初的印象里,这些印象极其深刻,以致影响到我的一生。为了说明白我的故事,我在这里先叙述一下他的生平。我现在所叙述的一切,是后来我从一位著名的提琴家 Б.那里听来的,他年轻时曾经是我的继父的同伴和亲密的朋友。

我的继父姓叶菲莫夫。他出生在一个很有钱的地主庄园里。他的父亲是个穷乐师,经过长期漂泊,才定居在这个地主庄园里,在他家乐队里服务。地主的生活过得很阔气,而且非常非常喜欢音乐。据说,他从来不离开自己的村庄，甚至连莫斯科也不去，一天突然决定出国去某疗养地，但只去了几个礼拜，唯一的目的就是为了去听一位著名的提琴家演奏，据报载，这位提琴家要在疗养地演奏三次。地主养着一个相当大的乐队，为了这个乐队他几乎花费了自己的全部收入。我的继父就在这个乐队里当黑管手。他二十二岁那年，结交了一个怪人。在这个县里还住着一位阔气的伯爵，他因为在府上养着一个戏班子破了产。这位伯爵把他乐队里一个行为不正的乐队指挥意大利人解雇了。这个乐队指挥确实是个很不好的人。他被赶出来以后，就完全堕落下来，常到村里小酒馆子里喝得醉醺醺的，有时候还向人乞讨，于是全省再也没有一个人愿意雇他。我的继父就同这样一个人做了朋友。这种关系蹊跷得不可思议，谁也没有发觉他的行为由于仿效他的朋友而有丝毫改变，甚至起初禁止他同意大利人来往的地主，后来对他们的友谊也不再留意了。最后，这个乐队指挥突然死了。他是在一个早晨被农民从河堤旁边的坑里发现的。依法进行检验，结论是，乃因脑充血身亡。他的东西保存在我的继父那里，我的继父立刻提出证据，说他有权继承这份财产：死者留下一张亲笔写的条子，这张条子里指定叶菲莫夫是他身后的继承人。遗产是：一件由死者细心保存过的黑色晚礼服。可以看出他还是希望能找到职业的，还有一把从外表看来相当平常的提琴，这份遗产谁也没有来争。但是过了不久，伯爵乐队里的第一提琴手拿着伯爵的信来见地主。在这封信里，伯爵请地主劝叶菲莫夫出卖这把意大利人留下的提琴，他非常希望自己的乐队能得到它。他答应出三千个卢布，并且还说，他已经好几次找叶戈尔·叶菲莫夫到他那里去，想当面谈妥这件买卖，但对方竟固执地拒绝了。伯爵最后说，提琴的价钱是实在的，决不打一点折扣，并且认为，叶菲莫夫的这种固执，令人难堪地怀疑到，他想在这桩买卖里利用伯爵的真诚和不了解情况来占便宜。因此，希望能开导开导他。

地主立刻派人找我的继父。

"你为什么不卖提琴？"地主问他，"你并不需要它。给你三千个卢布，这价钱是实在的，如果你以为还会再多给你一些，那你就太不懂事了，伯爵决不会骗你。"

叶菲莫夫的回答是,他自己不想到伯爵那里去,但是如果打发他去,那这是老爷的权力;他不想出卖提琴,而如果硬要从他那里拿走,那这也是老爷的权力。

显然,他这样的回答触动了地主那根最敏感的心弦。问题在于,地主时常自夸懂得怎样对待自己的乐师们,因为他们每个人都是地道的演员,靠着他们,他的乐队不仅优于伯爵的乐队,而且也不亚于京城里的乐队。

"好吧!"地主回答,"我转告伯爵,说你不愿意卖提琴,因为你不愿意,因为你有卖或是不卖的绝对权利,你明白吗?可是我要问你:你要提琴干什么?你的乐器是黑管,虽然你是个蹩脚的黑管手。把它让给我吧。我给你三千个卢布。"(谁知道,这是怎样的一把提琴啊!)

叶菲莫夫冷笑了一声。

"不,老爷,我不卖给您,"他回答说,"当然,您有权力……"

"怎么？难道我强迫你的，难道我逼你的？"地主叫起来，他忍不住了，况且事情是发生在伯爵的提琴手面前，这个提琴手，可能根据这种场面，对地主家里乐师们的处境做出非常令人不快的判断。"滚开，忘恩负义的东西，从今以后别让我再看到你！没有我，看你拿着你那支连吹都不会吹的黑管往哪里去？你在我这里吃得饱，穿得暖，拿到薪水；你过着高尚的生活。你是个演员，然而你却不愿意明白和理会这一点。滚开，别在这儿惹我生气！"

地主赶开所有他不满意的人，他怕自己会大发雷霆。可是无论怎样，他不肯过于严厉地对待"演员"，他是这样称呼自己的乐师们的。

买卖没有做成，好像事情就这样结束了。可是，过了一个月，伯爵的提琴手忽然想起来干一件可怕的事：他出面控告我的继父，状子里说，我的继父应该对意大利人的死负责，他为要达到自私自利的目的，获得 笔丰富的遗产而谋害了意大利人，他还说，那份遗嘱是用威胁利诱的手段取得的，并且他答应给自己的控告提供证人。不管伯爵和保护我的继父的地主怎样恳求和劝告，控告人的决心始终不动摇。他们向他指出，对乐队指挥的尸体的检验是正确的，控告人否认这种明显的事实，可能是由于个人的嫌隙，由于没有得到伯爵要买给他的那把珍贵的提琴而产生的怨恨。提琴手却坚持自己的意见，赌咒发誓说自己是对的，他证明脑充血不是由于喝酒，而是由于中毒，并且要求重新验尸。最初看来，他的这些指控相当严重。当然，这个案子被受理了。叶菲莫夫被捕了，关进了城里的监狱。审理开始，轰动了全省。审理进行得很快，结果查明提琴手是诬告。他受到了公正的惩戒，但他始终坚持自己的看法，深信自己是对的。最后，他承认，他没有任何证据，他所提出的证据是自己想出来的，但他想出这一切，是根据判断和推测，因此直到重新验了尸、正式宣告叶菲莫夫无罪以后，他仍然固执己见，认为叶菲莫夫谋杀了可怜的乐队指挥，虽然他也许不是用毒药，而是用某种其他方法谋害。但是还没有来得及对他执行判决，他就突然得了大脑炎，发了疯，死在监狱的小医院里。

在审理该案的全部过程里，地主的态度很公正。

他竭力像对待亲生的儿子那样对待我的继父。他屡次到监狱里去安慰他,给他钱,听说他喜欢抽烟,就给他带去高级纸烟,我的继父被宣判无罪,他还给整个乐队大开宴会。地主认为叶菲莫夫案件事关整个乐队,因为他对他那些乐师的好品行估价很高,如果不比对他们的天才估价更高,那至少也是相等的。过了整整一年,忽然全省传着一个消息,说有一位著名的法国提琴家莅临省城,打算顺便作几次演奏。地主马上想办法邀请他到家里来做客。事情进行得很顺利;法国人答应来。对于他的光临,一切都已准备就绪,几乎全县的人都接到了请帖,可是,事情突然发生了一个大波折。

一天早晨,有人报告,叶菲莫夫不知逃到哪里去了。到处搜寻,但连影子也找不到。乐队处于非常紧张的状态,因为他们缺了黑管手。在叶菲莫夫逃跑后三天,地主忽然收到法国人的一封信,在这封信里,法国人毫不客气地拒绝他的邀请,并且说,当然是暗示地说,今后他将特别慎重地对待那些养着私人乐队的先生,看到一位真正的天才在一个不了解他的价值的人支配下，颇觉不甚雅观，最后还说，他唯有在俄国才遇到真正的演员和优秀的提琴手——叶菲莫夫的事例，足以证明他这些话的正确性。

看完这封信，地主大为惊讶。他简直伤心透了。怎么？叶菲莫夫，就是那个他那样关怀过、周济过的叶菲莫夫？这个叶菲莫夫，居然如此残酷无情地在一个他所十分尊崇的欧洲演员面前诽谤了他！另外，这封信有一点使他莫名其妙：信上说叶菲莫夫是个有真正天才的演员，说他是个提琴手，说别人不善于发现他的天才，而强迫他搞另一种乐器。所有这一切，使地主很激动，他立刻准备进城去见法国人。正在这时候，他收到伯爵的一张字条，在这张字条里，伯爵请他赶快到他那里去，并且说，他已经知道这件事情的一切，说现在那个外国艺术家和叶菲莫夫都在他那里，说他对叶菲莫夫的无礼和诽谤感到惊讶，他下令扣留了他，最后说，地主必须来一趟，还因为叶菲莫夫的指责牵涉到伯爵本人；这件事很重要，需要尽快把它讲清楚。

地主立刻前往伯爵府，很快见到了法国人，说明了我的继父的全部历史,并且说,他看不出叶菲莫夫是个多么了不起的天才,相反地,叶菲莫夫在他那里是个很蹩脚的黑管手,他还是第一次听说,好像这个离开了他的乐师是个提琴手。他还说,叶菲莫夫是个自由的人,有充分的自由,如果真觉得自己受到压制的话,永远而且随时都可以离开他家。法国人很惊讶,叶菲莫夫被叫来,他几乎叫人认不得了:他的态度傲慢得很,答话时带着嘲弄的口气,并且坚持他对法国人说的话是真的。所有这一切,使伯爵恼火极了,他直截了当地骂我的继父是个恶棍,血口喷人的家伙,应该受到最可耻的惩罚。

"不敢劳驾了,大人,我已经相当熟悉您,而且非常熟悉您,"我的继父回答,"由于您的恩德,我差点儿吃官司。我知道,您从前的提琴手亚历克塞·尼基福雷奇是受谁唆使去诬告我的。"

伯爵听到他这种可怕的指责,气疯了。他几乎控制不住自己。恰巧这时有一位官员在场,他是因事来到伯爵府上的,他声称对这件事不能置之不理,他认为叶菲莫夫这种欺侮人的粗野行为,包含着歪曲而恶毒的责难和诬蔑,他请求伯爵允许他立刻当场逮捕叶菲莫夫。法国人也表示很愤慨,说他不明白怎么会这样卑鄙和忘恩负义。当时我的继父却狂暴地回答,他宁愿受审讯、裁判,甚至再去吃官司,却不愿意过以前在地主乐队里的那种生活,以前所以没有离开地主家,不过是因为穷,没有办法。他这样嚷着,就同逮捕他的人一起走出客厅。他被关在这幢房子最偏僻的一个房间里,人们警告他说,明天就要把他押送进城。

将近半夜,囚室的门开了。地主走进来。他穿着睡衣,拖着拖鞋,手里还提着个灯笼。大概,他睡不着,折磨人的忧虑使他在这样的时候离开了被窝。叶菲莫夫也没有睡着,他吃惊地望了一下进来的人。地主放下灯笼,非常激动地坐到叶菲莫夫对面的椅子上。

"叶果尔,"他对他说,"你为什么要这样侮辱我?"

叶菲莫夫没有回答。地主又问了一次,在他的声音里含着深沉的感情和说不出的惆怅。

"天晓得我为什么要这样侮辱您,老爷!"我的继父终于摆摆手说,"大概,我给鬼迷住了!连我自己也不知道是谁叫我这样干的!唉,我在您家里不会生活得痛快的,不会的……鬼缠住了我!"

"叶果尔!"地主又说,"回到我那里去吧,我会忘记一切,一切都原谅你。听着:你将是我乐队里的头一把手;我给你最高的薪水……"

"不,老爷,不,不要说了吧,我不会在您家里好好待下去的!我告诉您,鬼紧缠着我。如果我留在您那里,我会烧掉您的房子;有时这样的苦恼袭击着我,我觉得最好不要生在世上!现在我对自己也把握不住,因此,老爷,您最好丢开我。这一切都是从我结交了那个恶魔的时候开始的……"

"谁?"地主问。

"就是那个人人唾弃的像条狗一样死掉的意大利人。"

"怎么?亲爱的叶果尔,是他教会你拉提琴的?"

"是的!他教会我很多毁了我的东西。要是我不遇到他就好了。""难道他是个提琴师吗,亲爱的叶果尔?"

"不，他自己懂得很少，可是很会教人。我是自己学会的；他只是指点指点——现在我觉得，宁可烂掉我的手，也不该领受他那份教益。现在我自己也不知道想要什么。老爷，要是您问，'小叶果尔！你想要什么？我可以给你一切。'可是我，老爷，一个字也回答不出，因为，我自己也不知道想要什么。不，老爷，您最好丢开我，我再说一遍。我自己真会干出什么来，使你们把我送到远远的什么地方去，就此了结！"

"叶果尔！"地主沉默了一会儿说，"我不能就这样同你分手。如果你不愿意在我那里做事，你可以走；你是自由的，我不能硬留你；但是现在我不能就这样离开你。用你的提琴给我拉个什么曲子吧，叶果尔，拉吧！为了上帝，拉吧！我不是命令你，请你了解我，我不是强迫你；我是央求你，叶果尔，为了上帝，把你给法国人拉过的曲子给我拉一遍吧！倾吐你的感情吧！你固执，我也固执；看来我也有自己的怪脾气，亲爱的叶果尔！我了解你，你也像我了解你一样了解我。在你同意给我拉那个给法国人拉过的曲子以前，我简直活不下去。"

"那么，好吧！"叶菲莫夫说，"老爷，我曾经发过誓，永远不在您面前拉提琴，就是不在您面前拉！而现在我的心准许了。我给您拉，但是这是第一次，也是最后一次，老爷，您再也不会在任何时候和任何地方听到我拉提琴了，即使您答应给我一千个卢布。"

于是他拿起提琴，开始演奏自己编的俄罗斯民歌的变奏曲。Б.说，这个变奏曲，是他最初的也是最好的提琴曲，在这以后，他再也没有奏过像这样好、这样动人的曲子。本来就无法平心静气地听音乐的地主，这时竟泣不成声。在曲子奏完的时候，他站起来，掏出三百个卢布，交给我的继父，并且说：

"现在你走吧，叶果尔。我把你从这里放走，一切由我来同伯爵交涉；但是听着：你我再也不能见面了。你面前的路是广阔的，如果我们在这条路上再碰面，那无论对于你或是对于我都是不愉快的。好，走吧！……等一下！临别时，我对你有一条忠告，就是一条：不要喝酒，好好学习，经常学习；不要自高自大！我是像你亲生的父亲一样对你说话的。当心，我再说一遍：好好学习，不要同酒杯打交道，你一旦因为苦恼而喝了酒（苦恼总是很多的！）——那就完蛋了，一切都会变得很糟糕，可能，你也会像你那意大利人一样，死在一个坑里。好，现在你走吧！……停一下，吻吻我！"

他们互相接吻，随后我的继父就得到了自由。

他一得到自由，马上就开始在附近的县城里大喝起酒来，花光了他的三百个卢布，还同一群最下流的游民交上了朋友，结果变成了一个穷光蛋，求告无门，不得不到一个跑码头的戏班子的蹩脚乐队里充当提琴手，那是第一个也可能是唯一的一个提琴手。所有这一切，并不完全符合他最初的心愿，他最初的心愿是能尽快地到彼得堡去学习，给自己找到好位置，把自己造就成演员。但是，他在这个小乐队里没有把事情搞好。他很快同流动戏班子的老板吵了架，离开了。那时他的情绪十分消沉，甚至决定做一件深深挫伤自己傲气的丢脸的事情。他给我们熟悉的那位地主写了一封信，向他说明自己的情况，并且要钱。信写得相当傲慢，没有收到回信。于是他写第二封信，在这封信里，他低声下气，称地主为恩人，奉承他是真正的艺术鉴赏家，再一次请求他周济。最后，回信来了。地主寄来一百个卢布和由他贴身的仆役写的几行字，这信里说，他以后将拒绝任何请求。收到这些钱，继父想立刻动身，去彼得堡，但是，还了债，只剩下很少的一点钱，对于旅行连想也不敢想了。他仍然留在省里，重新到本省一个乐队里做事，后来又在那里闹了别扭，他这样从一个乐队转到另一个乐队，老是抱着尽快到彼得堡去的念头，在省里整整待了六年。最后，他忽然感到一种恐慌。他绝望地发觉到，由于穷困而又放荡的生活不断折磨他，他的天才受到极大的损害，于是在一天早晨，他丢开自己的雇主，拿起自己的提琴，几乎是讨着饭，来到彼得堡。他住在一个阁楼上，就在那里第一次遇见 Б.，Б.刚刚从德国来到彼得堡，也想为自己找幸运。他俩很快就成了朋友，Б.甚至到现在，谈起这次相识，还怀着深切的感情。两个人都年轻，两个人抱着同样的希望，抱着同样的目标。但是 Б.还正年轻；他还很少遭受贫困和痛苦；而且，特别由于他是一个德国人，他一贯顽强而自信地向着自己的目标迈进,他几乎预先就猜出自己会成为怎样一个人,——而那时他的同伴已经是三十岁的人了,他已经筋疲力尽,失掉一切耐性,他七年来为了糊口在当地戏班子和地主们的乐队里鬼混,原先的劲头已经被这种生活消磨完了。曾经支持过他的只是一个经常不变的念头——最后总能摆脱困境,积些钱,上彼得堡。但是这个念头是模糊不清的,这只是内心里一种无法克制的呼唤,这种呼唤随着时间的消逝,在叶菲莫夫面前已经不像最初那样清晰了,他虽然到了彼得堡,但是几乎已经麻木了,他到这里来,只是因为很久以来向往这次旅行,已经成为习惯,至于到首都来干什么,几乎连自己也不知道了。他的情绪是那么不稳定,容易冲动,而且狂暴,仿佛他想用这种情绪来骗自己,使自己相信,他还没有失去最初的力量、最初的热情和最初的灵感。这种时起时伏的冲动,打动了冷静而谨严的Б.;他被迷惑住了,他把我的继父当作未来的伟大音乐家来祝贺。他想不出他的同伴会有另外的前途。但是很快 Б.就睁开了眼睛,看透了他。他清楚地看到，这一切暴躁、狂热和焦急的心情——不过是在追念失去的天才时不自觉的绝望；甚至，而且，可能本来就没有什么了不起的天才，不过是过分的盲目、空幻的自信、幼稚的自满和时常幻想自己是个了不起的人物罢了。"但是，"Б.说，"我不能不为我的伙伴那种古怪的性格感到惊讶。我亲眼看到他那不时发作的急切的愿望和内心的怯弱之间剧烈得可怕的斗争。这个不幸的人，在整整七年里，一直是那样满足于幻想未来的荣誉，甚至没有发觉到，他是怎样失去了我们艺术中最基本的东西，怎样失去了甚至最起码的演奏技术。同时在他那混乱的头脑里还继续不断地臆造出许多关于未来的大计划。他不仅想成为一个头等音乐家，一个世界闻名的提琴手；他不仅认为自己已经是这样一个了不起的人物——而且，他还想成为一个作曲家，虽然他连对位法都不懂。但是，更使我惊讶的是，"Б.说，"这个人虽然非常无知，不大懂得艺术，然而却能那样深刻、那样清楚地，可以说是本能地理解艺术。他能那样强烈地感受它和领会它，所以，即使他错误地把自己这个仅凭本能的高深的艺术评论家当作真正的艺术献身者,当作天才,这也不足为怪。有时他能够用自己的粗俗、简单、没有任何理论根据的话对我说出非常深刻的真理,简直使我吃惊,而且不懂得他是怎样猜到这一切的,虽然他从来没有读过什么,也从来没有学过什么;在我进修的过程里,"Б.说,"我是非常感激他和他的那些意见的。至于说到我,"Б.接着说,"我并没有怀才不遇之感。我酷爱自己的艺术,虽然我一开始就知道我并没有很高的天赋,我将是一个名副其实的艺术粗工;但是我却感到骄傲,因为我没有像一个懒汉那样埋没掉自己的天赋,相反地,我用百倍的努力来培养自己,倘若有人称赞我演奏时的准确,并且惊叹我的演奏手法纯熟,那么这一切我都应当归功于自己经常兢兢业业的劳动,自己清楚地意识到自己的力量,自觉地克制自己,并且永远仇恨骄傲、幼稚的自满、懒惰,而懒惰正是这种自满的必然结果。"

Б.也曾把这些意见同他的同伴,同他最初那样佩服的人试谈过,然而只徒然惹他生气。他们之间的关系淡漠起来。不久,Б.发现,他的同伴越来越显得冷淡、烦躁和苦恼，他感情冲动的次数也越来越少，而且每次冲动以后，接着就是阴郁而古怪的消沉。最后，叶菲莫夫开始丢开提琴，有时甚至几个礼拜不去摸。这个不幸的人离完全堕落的地步不远了，很快就染上了一切坏习气。地主警诫过他的事发生了：他毫无节制地酗起酒来。Б.痛心地注意着他；他的劝告不发生作用，而且也怕说。叶菲莫夫渐渐变成一个最无赖的人：他一点也不因为靠 Б.生活而感到惭愧，甚至还表现出他完全有权利这样。当时，生活费都花光了；Б.靠教书勉强维持生活，有时他被商人、德国人和贫寒的官员们叫去在晚会上演奏，他们虽然给得不多，但总可以给一点钱。叶菲莫夫好像不愿理会同伴的窘况：他对他很冷酷，甚至好几个礼拜不同他说一句话。有一次，Б.用极婉转的口气对他说，最好不要太忽略自己的提琴，免得完全荒疏掉；这时叶菲莫夫大发脾气，并且声称，他是故意再也不摸提琴的，他好像以为谁会为这件事跪下来求他。还有一次，Б.因为要在一个晚会上演奏，需要一个伴奏者，他请叫菲莫大去。这个邀请却激怒了叶菲莫夫。他愤愤地说，他不是一个街头提琴师，不能像 Б.那样不要脸，侮辱崇高的艺术，在那些根本不懂他的演奏技巧和天才的下贱工匠面前演奏。对于这些话，Б.没有回答一个字，但是，叶菲莫夫却在他的同伴出去演奏的时候，对这次邀请做出很多猜测，以为这一切不过是暗示他是靠 Б.生活的，Б.要使他知道，他也应该去想办法赚钱。Б.回来了，叶菲莫夫就突然开始责骂他卑鄙，并且声称，一分钟也不能再同他在一起。他真的不知到哪里去了两天，可是，第三天又回来了，又若无其事地继续过着以前那样的生活。只是由于以往的习惯和友谊，由于对这个堕落的人的同情，Б.才忍耐着，没有坚决结束这种不像样的生活，和自己的同伴永远分手。但是，最后他们还是分手了。Б.时来运转，得到某要人鼎力提携，作了一次轰动的演出。这时他已经是一个杰出的演员，他的声誉突然提高，很快找到一个歌剧院乐队里的位置，在那里他也很快得到完全应得的成功。分手的时候，他给了叶菲莫夫一些钱，并且流着眼泪恳求他回到正路上来。

就是现在，Б.也不能不怀着一种特别的感情回忆着他。同叶菲莫夫相识，是他青年时代最深刻的印象之一。他们曾经在一起开始他们的生涯，彼此曾经那样热烈地依恋过，甚至连叶菲莫夫那种最古怪的脾气和粗野狂暴的毛病，都强烈地吸引过Б.。Б.了解他；他看穿了他，并且预见到这一切将会怎样结束。在分手时，他们互相拥抱，两个人都流了泪。当时叶菲莫夫哽咽地流着眼泪说，他完了，他是个不幸的人，他早就知道这个，然而现在他更清楚地看到了自己的毁灭。

"我没有天才！"他最后说，脸苍白得像死人一样。Б.深为感动。

"听着，叶果尔·彼得洛维奇，"他对他说，"你这是干什么？要知道，你只是用悲观失望来毁灭自己；你没有耐性，也没有勇气。现在你是在灰心的时候说自己没有天才的，不对！你有天才，我可以使你相信这一点。你有天才。我仅根据你怎样感受和领会艺术，就能看出来。这我可以用你的全部经历来给你证明。你不是对我谈过你过去的经历吗？在那时候，也曾经有同样的一种绝望不知不觉光顾过你。那时候你的第一个师傅,那个古怪的人,关于他你曾经同我谈过很多,他最先引起你对艺术的爱好,并且发现了你的天才。你那时候也像现在一样,深深感到绝望。可是你自己也不知道自己怎么样。你没有在地主家里住下去,连你自己也不知道自己想要干什么。你的师傅死得太早了。他丢下了你这个只有一些模糊的愿望的人,而主要的,他没有对你说明白你是怎样一个人。你觉得,你应该有另外一条宽阔的路,你命里注定要有更远大的目标,但是你却不知道应该怎样来实现这些,而在烦恼中憎恨着自己周围的一切。你那贫困的六年并没有白过;你学习了,你思索了,你认识了自己和自己的力量,你现在懂得了艺术和自己的使命。我的朋友,需要耐心和勇气。比我的更可羡慕的运气在等着你:你比我有百倍的希望成为艺术家。但愿上帝给你哪怕是我的十分之一的耐性也好。好好学习,不要喝酒,正像你那仁慈的地主对你说过的,而主要的——是要从头、从字母学起。有什么东西烦扰你呢?贫困吗?但是贫困可以造就艺术家。它是同生活的起点分不开的。现在还没有人需要你,也没有人想知道你:世界就是这样的。可是等着吧,当人们发现你有天才的时候,那就不仅仅是这样。嫉妒、吹毛求疵的卑鄙行为,而更多的是蠢事,比贫困还要更厉害地来袭击你。天才是需要同情的,它需要人了解它,可是你会看到,当你得到即使是一点点成功,就会有怎样的一些面孔来包围住你。他们会把你辛勤的劳动、饥饿、困苦和无数不眠之夜所得到的东西看得一文不值,拿轻蔑的眼光看待它。他们,你将来的伙伴,不是鼓励和安慰你:他们不会给你指出你有什么好的和真实的东西,而是幸灾乐祸地挑剔你的每一个错误,对你指出那些正是你做得不好和做错了的地方,装出冷淡和鄙视你的样子,像过节似的庆幸着你的每一个错误。(好像会有人根本没有错误似的!)你骄傲,你常常不适当地自负,可能会伤害一些很自尊的小人物,那时就糟糕了——你将会孤立,而他们却是一大伙:他们会用针尖把你刺烂。这一点甚至我也开始感受到了。现在,打起精神来吧!你还不完全是那样没办法,你可以生活,别轻视粗活,找粗活干吧，像我曾经在穷工匠们的晚会上所干的那样。但是你没有耐性，你吃了急躁的亏，缺乏傻劲，你过于聪明，想得太多，给脑子的负担太重：你说话很大胆，可是一拿起琴弓来，就变得胆小了。你自尊，可是缺乏勇气。勇敢些，等待着，好好学习吧，即使你不相信自己的力量，那也该碰碰运气：你有热情，有情感。也许你能够达到目的，就是不能，也该碰一碰，无论如何，我们输不了什么，而赢的机会是很多的。在这里，老兄，我们的运气很重要！"

叶菲莫夫怀着深挚的感情听他的同伴说话。在 Б. 说的时候，他脸上的苍白色消失了，染上了红晕，眼里闪烁着不常有的勇气和希望的光芒。这种可贵的勇气很快变成了自信，随即又变成了通常那样的狂暴，最后，当 Б. 的劝说快要结束时，叶菲莫夫已经心不在焉，不耐烦听他的话了。但他仍然热烈地握了 Б. 的手，并且感谢他，他很快从深深的消沉和自暴自弃变得非常骄傲而且暴躁，过分自信地告诉他的朋友，不必为他的命运担心，他知道怎样安排自己的生活，并且他相信，他也会很快得到赏识，做一次演出，那时就可以一下子给自己挣得荣誉和金钱。Б.耸了一下肩头，但是并没有同他的老朋友争辩，他们就这样分手了，不用说，为时并不久。叶菲莫夫很快用完了 Б.给他的钱，以后，就再次、三次、四次直到第十次去要钱，最后 Б.厌烦了，不再接见他。从那时起，Б.很久不知道他的下落。

过了几年。有一次 Б.排演后回家，在一条胡同里，一家很脏的饭馆门口，碰到一个衣衫褴褛的醉汉，唤他的名字。这就是叶菲莫夫。他完全不像原来的样子了，脸发黄而且浮肿；可以看出来，放荡的生活给他留下了不可磨灭的痕迹。Б.非常高兴，还没有来得及同他说上两句话，就跟着他走进那个他拉他进去的小馆子。在那里，在一个被烟熏黑了的僻静的小房间里，他更逼近地端详自己的同伴。叶菲莫夫穿得几乎破烂不堪，套着一双破靴子；他那松散的领带上洒满了酒渍。头发也开始发白而且脱落了。

"你怎么了？你现在在什么地方？" Б.问。

叶菲莫夫难为情了，开始时甚至有点慌张，答话上句不接下句，语无伦次，Б.甚至以为碰到了一个疯子。最后,叶菲莫夫才坦白地说,如果不给他喝酒,他,什么也说不出来,还说,馆子里的人老早就不相信他了。他说这些话的时候,脸红了,虽然他竭力用一种灵活的姿势使自己鼓起劲来,但显得那样无耻、做作、使人讨厌,这一切都叫人觉得非常可怜,而在善良的 Б. 心里激起了同情, Б. 看出他所忧虑的事果然完全应验了。但是,他仍然吩咐拿酒来。叶菲莫夫感激得面孔变了样,他是那样茫然失措,甚至含着眼泪要吻恩人的手。饭后, Б. 知道了这个不幸的人已经结婚,感到十分惊奇。但更使他吃惊的是,他听到他说,他的妻子就是他的一切不幸和痛苦的根源,结婚完全葬送了他全部的天才。

"怎么会这样呢?" Б. 问。

"我,老兄,已经两年没有摸过提琴了,"叶菲莫夫回答说,"乡下婆娘,女厨子,没有受过教育的泼妇,叫她见鬼去!……我们一天到晚就是吵,什么事也不能做。"

"要是这样,那你为什么要结婚呢?"

"没有什么可责备的。我同她认识了,她有大约一千个卢布,我就不顾一切地同她结了婚。她很爱我。是她自己挂到我脖子上来的。谁强迫她的!钱用完了,喝光了,老兄——还谈什么天才!一切都完蛋了!"

Б.觉得,叶菲莫夫好像是急于在他面前替自己辩护。

"一切都丢光了,一切都丢光了。"他接着说。但是立刻又对 Б.说,最近他在提琴方面几乎达到了尽善尽美的程度;如果他想要怎样,也许,连本城数一数二的提琴手 Б.也远远赶不上他。

"那你为什么不干呢?" Б.惊奇地问,"你给自己找到工作了吗?"

"不值得!"叶菲莫夫挥一挥手说,"你们中间有谁哪怕懂得一点儿也好!你们懂得什么?你们懂个屁!你们只会替芭蕾舞剧吹吹打打。你们没有见过,也没有听过好的提琴手演奏。何必打扰你们;你们愿意怎样就怎样吧!"

这时叶菲莫夫又挥了一下手,在椅子上晃了一下,因为他已经相当醉了。随后他邀请 Б.到他家里去；但是 Б.没有同意，只是记下他的住址，说明天去看他。已经吃得饱饱的叶菲莫夫，现在以嘲弄的眼光望着自己的老同伴，竭力用一切方法刺痛他。当他们走的时候，他抢过 Б.的贵重的皮大衣，像一个仆人对主人那样递给 Б.。经过统座间的时候，他停下来，向饭馆的人和顾客们介绍 Б.，说 Б.是整个首都第一个和唯一的好提琴手。总之，他在这当儿显得非常下贱。

第二天早晨，Б.毕竟在一个阁楼上找到了他，当时我们全家都住在一个房间里，生活十分困窘。那时我才四岁，我的母亲嫁给叶菲莫夫已经两年了。这是一个不幸的女人。她从前是个家庭教师，受过很好的教育，长得相当漂亮，因为穷，嫁给了一个年老的官员，我的父亲。她同他只过了一年。我的父亲突然死了，一点点财产由他的几个继承人分掉了，只给我的母亲留下了我和微不足道的一点钱，这是她应得的一份。身边有小孩子，再去当家庭教师是困难的。这时，一个偶然的机会，她遇到了叶菲莫夫，真心爱起来。她是个很热情的人，幻想家，把叶菲莫夫当作了不起的天才,相信他那些吹嘘自己前途的狂妄的话;充当一位天才家的支持者和支配者的光荣命运,使她的幻想得到满足,她嫁给了他。还在第一个月,她的全部幻想和希望就破灭了,在她面前只剩下悲惨的现实。叶菲莫夫也许确实是为了我的妈妈有一千个卢布才结婚的,钱一花光,他就束着手,而且好像很高兴有了借口,马上向所有的人扬言,结婚葬送了他的天才,他不能在闷人的房间里,拖着瞪着眼睛挨饿的一家人来工作,在这里,无论是歌词,也无论是曲谱都跑不到脑子里来,并且最后还说,好像他命里注定就该这样倒霉。似乎他后来也相信了自己的抱怨是公平的,他仿佛很高兴有新的借口。显然,这个被埋没的不幸的天才家,在寻找能原谅自己的一切失败和灾难的客观原因。他不能相信那个可怕的念头,就是他在艺术上早已永远完蛋了。他惊惶不安地同这种可怕的念头搏斗,好像在折磨他的噩梦里挣扎一样;最后,当他被现实征服的时候,当他一下了睁开眼睛来的时候,他感到几乎害怕得要发疯,他不能就这样轻易地放弃他长期编造起来的全部生活打算,并且直到自己临死前的一刹那，仍然以为，他的时刻还没过去。在惶惑的时候，他就拼命喝酒，在酒后的昏昏沉沉中他就忘却了忧愁。而且，他可能自己也不知道，这时他是怎样需要他的妻子。这是一个可怕的借口，他以为，只要埋葬掉那毁灭了他的妻子，一切就会顺当，真的，他几乎因为这种想法而发狂。可怜的妈妈不了解他。她，这个地道的幻想家，在可恨的现实生活一开始，就受不住了：她变得暴躁、易怒、爱抱怨，常常同以折磨她为乐的丈夫吵嘴，不断地催促他去找工作。可是我的继父那虚妄、糊涂和固执的想法，使他几乎失掉了人性和感情。他只是笑着，并且发誓，老婆不死，决不拿起提琴，他恶毒地直接对她这样说。妈妈不管怎样，直到死还是非常爱他的，她受不了这种生活，她成了一个常年生病、常年受折磨的人，生活在不断的苦恼中，除了所有这些痛苦以外，她还得担负起一家生计。她开始备些饭菜，在家里开起了包饭作。但是丈夫却不声不响地偷走她所有的钱，她只好常常拿空饭盒给人家当午饭。当 Б. 来看我们的时候，她正在替人家洗衣服和染旧衣服。这样，我们总算还能勉勉强强地在我们的阁楼里度日。

我们家的贫困使 Б.吃惊。

"听着，你简直胡说，"他对继父说，"谁埋没了你的天才？是她在养活你，而你在干什么呢？"

"我什么都没有干！"继父回答说。

但是 Б.还不了解妈妈的全部灾难。丈夫时常把一群各种各样爱胡闹的无赖领到家里来，那时什么事儿不会闹出来啊！

Б.对自己的老同伴规劝了好久；最后，对他声明，要是他不改邪归正，那就不给他任何帮助；还直截了当地说，不给他钱，因为他会喝掉的，末了，要他拉个提琴，看看能不能给他帮忙。当我的继父去取提琴的时候，Б.悄悄地把钱给我的母亲，可是她不收。这是她第一次接受施舍啊！Б.把钱交给我，可怜的女人流泪了，继父拿来了提琴，但首先要求喝酒，说没有酒是不能演奏的。打发人买了酒来。他喝了酒就高兴起来。

"凭着我们的交情，我给你奏一个我自己的曲子吧。"他对 Б.说，伸手从抽屉里取出一个积满灰尘的厚本子。

"这都是我写的,"他指着本子说,"你瞧！老兄,这可不是你们的芭蕾舞曲！"

Б.默默地翻了几页；随后打开他带来的乐谱,要继父把自己作的曲子丢到一边,奏他带来的曲子。

继父有些扫兴,可是,因为怕失掉新的保护,还是执行了Б.的指示。Б.立刻感觉到,在分别以后,他的老朋友确实做了不少的努力,而且有了不少的心得,虽然他说从结婚以后就没有拿过乐器。应该看到我那可怜的母亲是多么快乐。她看着丈夫,重新为他感到骄傲。善良的Б.也真正高兴起来,决定替继父找工作。那时他已经有了很多的关系,得到继父愿意学好的保证以后,就很快拜托人替自己可怜的同伴谋差事。他花钱把他打扮得整整齐齐,带他去见可以决定他的差事的那些名人。事实上,叶菲莫夫只是在口头上妄自尊大,但看来却怀着非常愉快的心情接受了老朋友的建议。Б.说,继父害怕会失掉他的同情,竭力讨好他,所有那些卑躬屈膝的样子,使他感到很难为情。他知道别人是在把他引上一条好路,甚至还戒了酒。最后,给他在剧院乐队里谋到了一个差事。他的考试成绩很好,因为经过一个月的刻苦努力,他恢复了一年半的闲荡中所丢掉的一切,保证以后用功,并且规规矩矩干自己的新职务。可是我们家庭的状况却完全没有好转。继父不肯从自己薪水里给妈妈一个戈比,全部都自己花了,他马上招惹来一帮新朋友,同他们吃吃喝喝。他结交的多半是剧院里的职员、合唱队员、芭蕾舞里的配角,总而言之,是一些不如他的人,而避免同真正有本领的人接近。等到他引起他们对自己的某种特殊尊重时,接着就对他们说明,他是个没有被赏识的人,他有伟大的天才,老婆毁了他,并且还说,他们的音乐指挥一点不懂音乐。他讥笑所有的乐队演员,讥笑供演出用的选曲,而且还讥笑那些上演的歌剧的作者。最后,他开始谈论一种新奇的音乐理论,总之,他使全乐队讨厌了,和同事们吵嘴,和音乐指挥吵嘴,冒犯了上司,已经被人看成是一个最不安分、最荒唐而且最微不足道的人了,他使所有的人都讨厌他。

确实,这样一个无关重要的人,这样一个不好的而且无用的角色，一个懒惰的乐师，同时却这样自负，这样自夸，这样自大，用这样刺耳的腔调讲话，叫人看来非常奇怪。

最后继父同 Б. 吵起来，造出许多非常下流的谣言和无耻的诽谤，当作确凿的事实到处乱讲。胡乱地服务了半年之后，剧院因为他的酗酒和不负责任的行为撵走了他。但是他并不就这样轻易地放弃自己的位置。人们很快看到他像从前一样穿得破破烂烂的，因为像样的衣服又当尽卖光了。他常常到原先的同事那里去，也不管他们是否欢迎他这个客人，他造谣言，胡说乱道，抱怨自己的生活，并且邀所有的人到他家里去看他的恶婆娘。当然，听众是会有的，可以找到一些这样的人，他们认为，把这个被赶走的同事灌醉，让他胡扯一顿，是一件乐事。此外，他的话总是尖刻而且聪明的，说话时还夹杂着刻毒的愤恨和各种无耻的动作，而这些正是一部分观众所喜欢的。他们把他当作一个疯疯癫癫的小丑来接待，有时闲着无聊，让他胡扯一通是很惬意的。他们喜欢逗他，在他面前谈到某个新来的提琴家。听到这个，叶菲莫夫的脸色就变了，感到羞愧，打听是谁来了，这个新的天才家是谁，立刻就嫉妒起那个人的荣誉。好像，只有在这时，他那经常性的真正的狂热病就发作起来，固执地以为自己是最好的提琴师，至少是彼得堡最好的提琴师，然而却被命运所拨弄，受尽侮辱，遭到各方面诽谤，不能为人理解而被埋没了。这种看法甚至使他感到满意，因为有这样一种人，他们很喜欢把自己当作被侮辱和被损害的人，逢人抱怨或是暗中自慰，拜倒于自己的那种被埋没的伟大。彼得堡所有的提琴师，照他的看法，他们中间没有一个人是他的对手。凡是认得这个不幸的狂人的，不管内行或者是外行，都喜欢在他面前谈到某个有名的天才提琴家，想逗他谈谈他的意见。他们喜欢他的恶毒，他的辛辣的评语，喜欢他在批评他想象中的对手们的演奏技巧时所说的那些聪明而恰当的话。他们往往听不懂他的话，但是相信，世界上再没有一个人会像他这样巧妙地挖苦地形容当代音乐界的名人。甚至这些被他那样嘲笑过的演员，都有些怕他，因为他们知道他的刻薄，承认他的攻击是有道理的，并且承认在该指责的地方，他的指责是公正的。人们好像已经习惯于看到他出现在剧院的走廊上和后台。职员们好像把他当作一个不可缺少的人那样，毫无阻拦地放他进去，而他也就像一个家庭里的费尔舍特[1]。这种生活继续了两三年；但，最后，他甚至充当这样一个可怜的角色，也为人们厌倦了。跟着就下了逐客令。在他生活的最后两年，他好像消失得无影无踪了，在任何地方都看不到他。不过 Б. 遇到过他两次，他那种可怜的样子，使 Б. 的同情又一次战胜了厌恶。他叫了他一声，但是继父还在恼恨他，装着好像没有听到什么似的，把自己的那顶完全变了样的旧帽子往下面一拉，就走过去了。还有一次，是在一个大节日的早晨，有人向Б. 通报，他以前的同事叶菲莫夫前来祝贺。Б. 出来迎接他。叶菲莫夫醉醺醺地站着，低低地鞠躬，几乎挨到地面，嘴唇不知为什么微微颤动着，却坚持不肯走进室内。他这种举动的意思是，据他说，像我们，

---

[1] 费尔舍特（Ферсит）：是荷马史诗《伊里亚特》里的一个人物。这人专爱嘲笑人，但在作战时却很怯懦和愚蠢。

没有天才的人，岂能同您这样有名的人物来往；我们小人，只要有个仆人的地位，过节时来请个安、行个礼就走，那就很满足了。总而言之，一切显得那样下流、愚蠢而且令人作呕。在这以后，Б.好久没有见到过他，大概一直到那件惨案发生以前。那件惨案，以一种可怕的方式，了结了这悲惨、痛苦而污秽的生活。那件惨案不仅同我的童年最初的印象紧密相连，而且，甚至同我的全部生活也紧密相连。现在我就来叙述它是怎样发生的……但是我首先应当说明，我的童年是怎样的，说明这个苦苦留在我最初印象里的人对我有怎样的影响，他杀死了我那可怜的妈妈。

二

　　我开始能够记事情很迟,是在九岁上。在这以前我所经过的一切,不知道怎么的,竟没有留下一点清楚的印象,使我现在能够记得。可是到九岁半,我就能清楚地记得一切了,仿佛在这以后所经历的一切,就像昨天刚经历过的,一天接一天,连续不断。不错,我也能模模糊糊记起这以前的一些事:老是在暗处,一个破旧的神像前供着一盏灯;其次,有一天,我在街上被马撞倒了,据后来有人对我说起,因为这,我病了三个月;还有,是在这次生病期间,夜里我在妈妈身边醒来,我是同她睡在一起的,突然我被病中的噩梦、黑夜的寂静和老鼠在墙角里弄出来咯吱咯吱的响声吓得怕起来,我躺在被窝里,害怕得哆嗦了一整夜,但是不敢叫醒妈妈,可以想见,我怕她甚于怕任何可怕的东西。从我突然开始懂事的那一分钟起，我的智力几乎意外地迅速发展起来，我仿佛特别熟悉许多成年人的想法。一切都清楚地显现在我眼前，一切都很快变得可以理解了。从我开始能清楚地记事情起，时间留给我深刻而痛苦的印象；在此后的日子里，这种印象每天都在重复着，而且一天天地扩大；它给我在双亲家里的生活和我的全部童年涂上了一层阴暗而怪诞的色彩。

现在我觉得，我那时好像是突然从沉睡中醒来（尽管这在当时，在我看来，并不是那样值得惊奇的）。我不知道我怎么会来到这样一间又大、又矮、又脏、又闷的房间，四壁涂着暗灰色的油漆；墙角摆着一只俄罗斯式的大炉子；窗户狭长地横在墙头上，好像是一条条裂缝，朝着街，或者，更确切地说，朝着对过房子的屋顶。窗台离地面很高，我记得，我要放一把椅子，再放一条板凳，才能勉强够到窗户，家里没有人的时候，我喜欢坐到窗台上。从我们的房间里望出去，可以看到半个城；我们住在一幢很大的六层楼的顶层。我们的全部家具是，一张破旧不堪、到处露出韧皮的满是灰尘的漆布沙发，一张普通的白桌子，两条板凳，一张妈妈的床，一个放在墙角里摆着东西的橱，一个总是歪在一边的抽屉柜和撕得破破烂烂的纸屏风。

记得，是在一个黄昏，家里的东西掷得到处都是，凌乱不堪：刷子、破布、木碗、木盒、破瓶，还有一些我不知道的诸如此类的东西。记得，妈妈当时十分激动，不知道为什么哭着。继父坐在墙角，穿着一件总是那样破烂的长外套。他冷嘲热讽地回答着她什么，这使她越发生气了，于是刷子、瓶子、碗又飞了一地。我哭起来，叫着，跑到他们俩跟前。我怕得要命，紧紧搂住爸爸，想用身体挡住他。上帝知道，为什么我会觉得他是没有过失的，妈妈不该对他生气；我要替他求饶，替他忍受任何惩罚。我非常怕妈妈，而且以为别人也都怕她。妈妈起初很吃惊，后来她抓住我的一只手，把我拖到屏风后面。我的手碰在床上，非常疼；但是怕超过了疼，我甚至连眉头都没有皱一下。还记得，妈妈指着我，痛苦而激昂地对父亲说了些什么（下面，在这个故事里，我将叫他父亲，因为我在很久以后才知道他不是我的亲生父）。这个场面继续了整整两个钟头，我担心得浑身发抖，拼命猜想着，这一切将怎样了结。最后，争吵停止了，妈妈不知到哪里去了。于是爸爸立刻把我叫到他跟前，吻我，抚摸我的头，把我放在他膝头上，我也甜蜜地紧紧偎依在他的胸前。这也许是我最初尝到的父亲的爱；也许，正因为这，我从那时起才开始能清楚地记得事情了。我也看出，我所以得到父亲钟爱，是因为我袒护了他，于是，立刻，我好像第一次被一种思想吓呆了，妈妈使他遭了多少罪，吃了多少苦啊！从这时起，这个思想就永远留在我心里，并且一天天愈来愈使我感到愤慨。

从这时起，我开始对父亲怀着无限的爱，但是这是一种奇怪的爱，好像完全不是小孩子所能有的。如果把我的爱下这样一个定义，对一个小孩子来说并不显得有点可笑的话，那么应该说，这是一种近于怜悯的母爱。在我看来，父亲永远是那样可怜，那样受害，那样被压抑，那样命苦，倘若我不能忘却一切地去爱他，安慰他，亲近他，想法体贴他，那是一件叫怕的违背自己感情的事。但是直到现在，我还不能理解，为什么我会觉得，我的父亲是世界上这样一个不幸的苦命人！是谁告诉我这些的？我，一个小孩子，怎么会知道他的不幸的，即使是一点点？可是我懂得这些，尽管是按照我自己的想法在想象里把一切加工过的一种曲解；但是直到现在我还难以理解，怎么会在我心里产生这样一种印象的。也许，妈妈对我太严厉，才使我，照我的说法，像亲近一个同我共同受苦的人那样来亲近父亲的。

我已经谈过我从不懂事到懂事和我生活中最初的心理变化了。我的心从最初一刹那，就受到了伤害，我的智力开始以不可思议的、使我感到吃力的速度发展起来。我已经不满足于只是外表的印象了。我开始思考、判断和观察；但这种观察发生得太早，我只能照自己的想象来理解一切，于是我突然走进了一个特别的世界。我周围的一切，变成像一个魅人的故事，那是父亲时常讲给我听，而我不得不信以为真的一个故事。我的头脑里产生了许多怪念头。我非常清楚——但我不知道，是怎么清楚的——我生活在一个奇怪的家庭里，我的双亲好像和我当时见到的其他人完全不同。"为什么，"我想，"为什么我看到别人连外貌都和我的双亲不一样呢？我看到别人的脸上有笑容，我觉得奇怪，为什么我们家里就从来没有笑声和欢乐呢？"是一种什么力量、什么原因驱使我，一个九岁的孩子，这样认真观察和倾听别人的每一句话的呢？这些人是我每天傍晚用妈妈的旧短上衣遮住自己的破衣裳，拿着铜币到小铺去买几戈比的糖、茶和面包时，在楼梯上或是街上所碰到的。我懂得，但我不记得我是怎么会懂得的，在我的家里有着一种永远不能消除而又难以忍受的痛苦。我用尽心思竭力猜想着，为什么会这样？可是不知道是谁竟帮我对这一切做出了自己的答案：我怪妈妈，认为她是害了我父亲的罪人。我再说一遍：我不明白，这样一种可怕的念头是怎么会在我的想象中产生出来的。我越是亲近父亲，就越发憎恨我那可怜的母亲。直到现在，回想起这一切，我的心还感到剧痛。还有一回，这回比上一回更促使我古怪地亲近父亲。这一回，是在夜里九点多钟，妈妈打发我到小铺里去买酵母水，爸爸不在家。回来时,我跌倒在街上,碗里的酵母水都泼掉了。我的头一个想法是,妈妈要大发脾气了。此外,我觉得我的左手臂痛得很厉害,而且站不起来。我的周围站了许多过路的人;有一个老太婆来扶我,可是一个小孩子却用钥匙敲了一下我的脑袋,跑开了,我终于被扶起来,拾起破碗片,拖着沉重的脚步摇摇晃晃地走着。突然,我看到了爸爸。他站在我家对过一幢阔气房子前面的人群中。这幢房子是属于一家贵族的,里面金碧辉煌;台阶旁停着许多轿式马车,音乐声由窗子里传到街上。我拉住爸爸的衣裾,把破碗给他看,哭着,并且对他说,我怕见妈妈。我好像很有把握,他会保护我。可是我为什么会这样想,是谁指点我,谁告诉我,他比妈妈爱我的呢?为什么我一点不怕他呢?他抓住我的一只手,开始安慰我,随后又说,他想叫我看个什么,他把我举起来。我什么东西也没有看到,因为他抓住了我那只受伤的手臂,我痛得很厉害;但是我没有叫,怕使他扫兴。他总是问我看到了什么没有?我竭力迎合他的意思回答,说我看到了红窗幔。当他想抱我过街走近我们的房子的时候,我不知道为什么,突然哭起来,抱住他,求他先上楼找妈妈。我记得,那时爸爸的抚爱使我感到更加难过,我不能忍受这种情形,我想爱的两个人,一样亲我,爱我;而另一个,我却怕她,不敢走近她。但是妈妈几乎完全没有生气,她叫我去睡觉。我记得,我的手臂愈痛愈厉害,甚至发起烧来。然而我似乎觉得特别侥幸,一切竟这样轻易地过去了,这一整夜我都在梦着邻家挂红窗幔的房子。

所以,第二天早晨我醒来的时候,头一个思想,头一件关心的事,就是那幢挂红窗幔的房子。妈妈刚刚从家里出去,我就爬到窗台上去看那幢房子。还在老早以前,这幢房子就引起我的孩子气的好奇心。我特别喜欢在傍晚时看它,这时街上的灯火亮起来,红得发紫的窗幔,从灯烛辉煌的房子的大玻璃后面,发出一种血红色的奇异的光彩。几乎都是套着漂亮而傲慢的马匹的轿车驶到门前,所有的一切:门口的叫声、闹声,各种颜色的车灯,乘车子的那些盛装的女人,都引起了我的好奇心。所有这一切,在我童年的想象里被看成一幅美丽豪华而且神秘迷人的情景。现在，当我在这幢阔气的房子前面碰到过父亲以后，这幢房子对我而言就显得加倍神奇美妙了。现在，在我的病态的想象里，开始产生了一些奇怪的念头和推测。我生活在像父母这样奇特的人中间，变成一个怪僻和富于幻想的孩子，这并不使我感到惊异。然而他们的性格那样迥然不同，却使我非常吃惊。例如，我奇怪，妈妈总是为我们的穷困生活担心着，奔走着，总是责难父亲，说要她一个人为大家操劳，我也不由得问自己：为什么爸爸就不帮她一点忙呢？为什么他好像一个外人那样生活在我们家里呢？但是妈妈有几句话使我明白了这一点，我带着几分惊奇，听说爸爸是个演员（这个字眼我一直都记得），爸爸是个有天才的人，于是立刻在我头脑里产生了一种想法，演员是一种与众不同的特殊的人。也许，是父亲的那些举动使我发生这种想法；也许，是我听到了什么话，而现在已经忘记了；但是我好像特别了解父亲的话里的含意，那是一次他当着我的面，怀着一种特别的感情说的。他的话是这样：等着吧，他不会永远穷下去，他会变成个老爷、变成个富翁，最后，等妈妈死了,他就会振作起来。记得,我听到这些话,起初非常害怕。在房间里待不下去了,我跑到门外边,在那寒冷的过道里用肘支着窗台,捂着脸痛哭起来。但是后来,当我反复思索这件事,习惯了父亲的这种可怕的念头的时候,突然有一种奇怪的想法解脱了我。况且,我是不能忍受那种茫然无知的折磨的,无论怎样我总要得出一个初步的看法来。于是——我不知道,这一切起初是怎样开始的——我毕竟找到了一个答案,等妈妈一死,爸爸就会离开这个讨厌的房间,带我到什么地方去。可是到什么地方去呢?一直到最后我也没有能清楚地想象出来。我只记得,那用来装饰我们将要一起去的那个地方的一切(而我肯定,我们会一起走),那在我幻想中仅能编造出来的灿烂、辉煌和豪华的一切——所有的一切,都在我的想象中变成了现实。我觉得,我们立刻变成了富翁;我不再被支使去小铺里买东西了,这个差事对我是非常不愉快的,因为每当我从家里出去,邻家的孩子们总要欺侮我。我非常害怕这件事,特别是在我拿着牛奶和油的时候,我知道,如果我泼掉一点,我就会受到严厉的处罚；接着我又想，爸爸会很快替自己缝一身好衣裳，我们也要搬到一幢很漂亮的房子里去住，于是立刻——这幢挂着红窗幔的阔气的房子，在这幢房子旁边遇到过爸爸，他曾经叫我向里面张望，这些都更助长了我的幻想。我随即猜想到，我们正是要搬到这幢房子里去，我们将在那里永远过着欢乐而幸福的生活。从这时起，每天黄昏，我都聚精会神，好奇地从窗子里向这幢蛊惑着我的房子望着，想着驶来的许多车辆，想着我还从未见过的打扮得漂漂亮亮的客人；我仿佛听见从窗里传出来的甜蜜的音乐声；我注视着那些在窗幔上闪过的人影，拼命地猜测着，那里在做什么——而我总是觉得，那里仿佛就是天堂，有着永恒的欢乐。我讨厌我们的寒碜的住屋，讨厌自己的褴褛的衣裳，有一次我和平常一样又爬上了窗台，当妈妈叫我下来的时候，我立刻想到，她不愿意我看这幢房子，不愿意我想到它，她不高兴我们得到幸福，她这是阻挠……整整一个晚上，我多疑地望着妈妈。我心里怎么会产生这种冷酷的感情，对待像妈妈这样一个永远受折磨的人呢？只是现在我才明白了她悲惨的一生,而且不能不痛心地回想到这个苦命的人。甚至在那时,在我那浑浑噩噩的奇怪的童年,在我那早熟的最初的生活里,我心里就时常因为苦恼和怜悯而感到烦闷,恐惧、困惑和疑虑侵袭着我的心灵。还在那时,我的良心就在折磨我,我时常很痛苦地感觉到,对母亲太不公平了。可是我们彼此好像是陌生人,我记不起,我是否曾经对她撒过娇。现在,一些最琐碎的回忆往往使我的心感到疼痛和震动。记得,有一次(当然,我现在所能说的,都是一些极其细小琐碎的蠢事,但是,好像正是这样的回忆才特别使我感到苦恼,并且比其他任何事情都更加使我痛苦地记得)——有一次,在一个黄昏,父亲不在家,妈妈想叫我到小铺里去给她买茶和白糖。可是她想了又想,总是下不了决心,她出声地数着她仅有的几个可怜的铜币。她数着,我想,大约有半个钟头,她仍然不能肯定该怎么办。而且,可能是由于痛苦,她有时陷入一种恍惚的状态中。正像我现在记得的,她好像漫不经心、慢吞吞地有节奏地低声数着,还说着什么;她的嘴唇和双颊苍白,两手不停地发抖,而且在自言自语的时候，还不住地点着头。

"不，不要了，"她望着我说，"我还是躺下睡觉的好。嗯？你想睡觉吗，涅朵奇卡？"

我没有作声；于是她轻轻扳起我的头，那样温和而亲切地望着我，她的脸变得开朗了，闪烁着母性的微笑，我整个心感到酸痛，猛烈地跳动着。况且她叫我涅朵奇卡，这就是说，此刻她特别爱我。这种叫法是她自己想出来的，是从我的名字安娜变过来的一种爱称，所以每当她这样叫我，那就意味着，她想亲近我。我感动了；我想拥抱她，想偎依在她的身旁，和她一起哭。随后，她，可怜的人，久久地抚摸着我的头——也许，她已经不知不觉地忘记了她在爱抚我，然而嘴里还在不停地说："我的孩子，亲爱的安娜，涅朵奇卡！"泪水从我眼睛里涌出来，但我竭力忍住并克制自己。我仿佛特别固执，即使自己非常难过，也不肯在她面前表露出我的感情。是的，这种冷酷无情在我并不是很自然的。仅仅是她对我严厉，并不能使我这样仇恨她。不！我被我对父亲的那种特别的奇怪的爱给毁了。有时，夜里，我在墙角的短小褥子上的冰冷被窝里醒来，我常觉得害怕着什么。在迷迷糊糊中，我记起了，好像还在不久以前，我比较小的时候，同妈妈睡在一起，夜里醒来时我不大害怕；只要闭上眼睛，靠紧她一些，紧紧搂住她——有时，立刻就睡着了。那时我毕竟还觉得，我好像不能不暗暗地爱她。后来，我注意到有些小孩子往往异乎寻常地孤僻，但是他们一旦爱上了谁，那就爱得不得了。我过去也是这样。

有时，我们家里一连几个礼拜都很安静。父亲和母亲都争吵得厌烦了，我照样在他们中间生活着，总是沉默着，思索着，忧伤着，而且从自己的幻想中寻求着什么。我已经熟悉了他们俩，我完全了解他们彼此间的关系，了解他们暗中永远互相仇恨，了解生根于我家混乱的生活中的全部痛苦和迷茫——当然，我并不了解其中的根由，我只是尽我所能了解的来了解。有时，在漫长的冬天的黄昏，我躲在角落里，一连几小时贪婪地注视着他们，审视着父亲的脸，拼命猜测，他在想什么，什么思想这样缠着他。随后我被妈妈吓呆了。她总是一连几小时不停地在房子里来回踱着，甚至时常在深夜，在她为失眠症所苦恼睡不着觉的时候，她踱着踱着，嘴里窃窃私语，好像她独自一个人在房间里似的，时而摊开双手，时而把双手交叉在胸前，时而在一种可怕的无限的忧伤中搓着手。有时，眼泪沿着双颊成串流下来，可能，她自己也不明白为什么流泪，因为有时她陷在一种麻木的状态中。她患着一种非常严重的病，然而她却根本不在意。

我记得，我那孤独和沉默，已经愈来愈使我感到难过了，我没有勇气打破它。整整一年了，我生活在思虑中，总是在思索、幻想，暗中被一些偶然产生的奇妙而模糊的渴望苦恼着。我变野了，好像在森林里。最后，爸爸首先发觉到，他把我叫到面前，问我为什么这样死命望着他。我不记得我是怎样回答他的，只记得，他仿佛沉思了一会儿，然后望望我说，明天给我带字母表回来，教我读书。我急切盼望着字母表，寻思了一整夜，可是总不大明白，字母表究竟是个什么东西。终于到了第二天，父亲真的开始教我识字。我很快就了解了他对我的要求，我学得非常快，因为我知道，这样可以讨他喜欢。这是那时我生活中最幸福的时刻。每当他夸奖我聪明,抚摸我的头,并且吻我的时候,我立刻高兴得哭起来。渐渐地,父亲喜欢起我来;我也敢同他谈话了,我们时常一谈几个小时,不感到疲倦,虽然有时我根本不懂他对我说的什么。可是不知怎么的,我好像怕他,怕他会以为,我同他在一起感到无聊,所以我竭力表示什么都懂。最后,黄昏时同我在一起竟成了他的习惯。只要天开始发黑了,他一回家,我就立刻拿着字母表到他跟前。他把我放在他对面的凳上,课后还读书给我听。我虽然一点也不懂,可是却不住哈哈大笑着,想以此使他感到很大的快慰。确实,我引起了他的兴趣,他看到我笑就高兴。有一次,也是在这样的时候,上完课,他开始给我讲故事。这是我听到的头一个故事。我着了迷似的坐着,急切地关心着故事的发展,听着听着,我好像进入了另一个境界,故事快要结束时,我激动极了。这个故事本来不会对我有这样大的影响 但是,我把那一切都当成真的,于是我任意狂想起来,很快地把事实和臆想混合在一起。在我的想象中,立刻出现了挂着红窗幔的房子;

53

而且，不知道怎么搞的，好像剧中的人物一样，正在对我讲故事的父亲出场了，接着，阻挠我们俩到不知什么地方去的妈妈也出场了——最后，或者，顶好说是首先，我抱着许多美妙的幻想，脑子里装满许多稀奇古怪的念头，也出场了——这一切搅扰着我的头脑，把我弄得混乱极了，有一个时期我完全失掉了方寸，完全失掉对当前现实的感觉，天晓得我生活在什么地方。在这个时候，我急死了，真想同父亲谈谈，什么在等着我们，他自己盼望的究竟是什么，他将把我带到什么地方去，什么时候我们才能离开我们的阁楼，等等。照我看，我深信这一切很快就会发生，但是这一切将怎样发生并且采取什么形式——那我就不知道了，我左思右想，却徒然折磨自己。有时——这特别容易发生在黄昏——我觉得，爸爸马上就会偷偷地对我使个眼色，叫我到过道里去；我瞒着妈妈，顺手拿起自己的字母表，还有我们的那张很蹩脚的石印画片，这张没有装框的画片，不知从什么时候起就挂在墙上，我决定要带着它走，我们悄悄逃到一个什么地方去，从此再也不回到妈妈这儿来。一天，妈妈不在家，我乘父亲特别高兴的时候——这往往是在他稍微喝了一点酒的时候——走到他跟前，我开始讲话，想立刻把谈话转到我朝思暮想的这个题目上来。我终于成功了，他笑起来，于是我紧紧抱住他，心跳得很厉害，像准备说一件神秘得可怕的事那样，害怕极了，我开始没头没脑地东一句西一句问起他来：我们到什么地方去，快了吗？我们带什么东西不？我们怎样过生活？而且还有，我们到不到那个挂红窗幔的房子里去？

"房子？红窗幔？怎么回事？你胡说些什么呀？傻丫头？"

这时，我越发害怕了，开始对他解释，等妈妈死了，我们不再住在这个阁楼上，他要带我到旁的什么地方去，我们俩将会变成富翁，生活得很幸福，最后，我还肯定地对他说，这是他对我说过的。在向他证实这一点的时候，我十分相信，他以前确实对我说过这些话，至少我是这样觉得的。

"母亲？死？母亲什么时候死？"他重复说，皱起两道密密的花白眉毛吃惊地望着我，脸色有些变了。"你说什么？可怜的傻丫头！……"

于是他开始责备起我来，长久地对我说着，我是个傻孩子，什么也不懂……我不记得他还说了些什么，只记得，他伤心透了。

我一点也不懂得他的责备，而且也不了解，因为我把听到他在愤怒和烦恼时对母亲说的话记住，而且还在心里反复想着，这使他多么伤心。不管他当时怎样，他的疯癫症怎样严重，然而这一切却不由得使他大吃一惊。虽然我一点也不明白他为什么生气，可是我终究觉得心里痛苦和悲伤极了；我痛哭起来；我觉得，等待着我们的一切是那样重要，我，一个傻孩子，对这却连说说和想想都不敢。除此以外，虽然我根本不明白他的话，然而我却感到，尽管这种感觉很模糊，我对不起妈妈。突然我觉得害怕和惊慌，心里发生了很多疑虑。这时，他见我哭得很难过，就开始安慰我，用袖子替我擦眼泪，叫我不要哭。我们俩默默地坐了一会儿；他皱着眉头，好像在想什么；随后重新对我说起话来；但是无论他怎样注意听，总觉得他的话很难懂。根据现在我所记得的那次谈的某些话，我断定，他是在向我解释，他是怎样一个人，他是多么了不起的演员，别人怎样不了解他具有伟大的天才。还记得，他问我懂不懂，显然，他得到了满意的回答，他硬要我说：他有没有天才？我回答说："有天才。"于是，他轻轻冷笑了一声，因为，也许，他终究觉得同我谈这样重大的事情，未免太可笑了。我们的谈话因为卡尔·费多雷奇的到来中断了，我忘却一切，开心地笑起来，当爸爸指着他，对我说："瞧，这卡尔·费多雷奇是个毫无天才的人哩。"

这卡尔·费多雷奇是个很有趣的人。在那时的生活中，我见到的人很少，因此我怎么也忘不了他。仿佛现在他就在我眼前：他是个德国人，姓迈耶尔，出生于德国，他到俄国来，是抱着一种特殊的愿望——想进彼得堡芭蕾舞剧团。但是他是个很蹩脚的舞蹈者，连当配角都不行，只能在班子里跑龙套。他充当福丁布拉斯王子[1]的各种不开口的侍从，或者

---

1 福丁布拉斯（Фортинбрас），莎士比亚悲剧《哈姆雷特》中的一个角色，挪威王子。

扮演维罗纳[1]城的武士,这些武士总共有二十个,都一起举着纸板做的短剑,高呼:"愿为王死!"像这个卡尔·费多雷奇那样奇怪地忠实于自己的角色的演员,世界上恐怕再也没有第二个了。他的一生中最大的不幸和痛苦,就是他没有能跳上芭蕾舞。他把芭蕾舞艺术放在世界其他一切艺术之上,从某一点来说,就像爸爸热爱提琴那样热爱着它。他同爸爸是在剧院里同事时相识的,从那时起,这个退职的芭蕾舞配角就不再离开爸爸。两人常常见面,而且都为着自己陷于绝境的命运和不被人赏识而苦恼。这个德国人是世界上最重感情和脆弱的人,对爸爸怀着真挚的火热的友情,可是,爸爸似乎对他并没有什么特殊的感情,只是因为没有别的朋友,才同他来往着。此外,爸爸,这个抱有特殊见解的人,无论如何也不承认芭蕾舞是一种艺术,这使可怜的德国人伤心得落泪。爸爸晓得他的这个弱点,常常刺痛他,而且每当不幸的卡尔·费多雷奇激动得发狂地辩驳时,还嘲笑

---

[1] 维罗纳(Верона):意大利北部的一个城市。

他。关于这个卡尔·费多雷奇,后来我从 Б.那里听到了许多,Б.叫他纽勒城的磕头虫。Б.谈过许许多多关于他同父亲的友情;尽管那样,他们还是常常混在一起,喝点酒,然后就一同为自己的命运和不被人赏识而哭泣。我记得这种相会,而且还记得,看到这两个怪人,有时,我也哭起来,自己也不知道为什么。这种事往往发生在妈妈不在家的时候:德国人非常怕她,有时,往往先站在过道里,等人出来,倘若打听到妈妈在家,他就赶快跑下楼。他常常带来一些德国诗歌,兴奋地念给我们俩听,然后朗诵,再用半通不通的俄语给我们讲解。这使爸爸非常开心,而我,有时,也笑得流出眼泪来。有一次,他们俩弄到一本俄文书,这本书使他们俩简直兴奋得要发狂,从此他们见面时,几乎总是读着它。记得,这是著名的俄国作家写的一本歌剧。这本书开头几行,我记得很牢,后来,过了好几年,它偶然又落到我手里,我还毫不费事地认出了它。这个剧本里说的是 个伟人的艺术家,不知是德热那罗、还是德热卡保的不幸的遭遇,在一页上,他叫喊:"我没有被赏识!"而在另一页上却叫喊:"我被赏识了!"或者,叫喊:"我没有天才!"隔了几行,又叫喊:"我有天才!"整个结局是十分悲惨的。这个剧本,无疑非常枯燥乏味;然而奇怪它却以一个最朴素的悲剧性的形象深深打动了这两位读者,他们在这个主角身上,找到了许多和自己相同的东西。记得,有时卡尔·费多雷奇是那样激动,他从座位上跳起来,跑到房子的另一个角落,眼睛里噙着泪水,固执地恳求爸爸和我(他称呼我小姐),要我们马上当场来评判一下,究竟他和命运、和观众谁是谁非,他立刻开始跳起舞来,跳出各种花样,还向我们叫喊着,要我们赶快告诉他,他怎么样——能算个演员呢,还是不能?能相反地说他没有天才吗?爸爸忽然开心起来,向我偷偷地使个眼色,似乎预告我,他马上就要大大地取笑这个德国佬了。我觉得非常好笑,可是爸爸做手势警告我,我拼命地忍着,憋住不笑。甚至到现在,一回想起来,我还忍不住要笑。仿佛这个可怜的卡尔·费多雷奇现在就在我眼前。他是一个过分矮小而且瘦弱的人,头发已经斑白,长着被烟熏脏的红红的鹰钩鼻,一双腿奇怪地弯曲着；虽然如此，他却好像在夸耀自己的两只腿似的，穿着一条紧紧箍着腿的裤子。当他最后跳着摆出一种姿势停下来，向我们伸过手，并且像舞蹈家通常谢幕时那样微笑着，爸爸暂时保持着沉默，好像不敢说出自己的意见，他故意让这个无名的舞蹈家这样站着，舞蹈家想竭力保持平衡，然而一条腿站着，已经摇摇晃晃的了。最后，爸爸用一种十分严肃的表情望了望我，仿佛是邀请我充当他的评判的公证人，同时，舞蹈家那怯生生的恳求的目光也注视着我。

"不，卡尔·费多雷奇，无论如何，不能令人满意！"爸爸终于说，装出一副表情，似乎他自己也不乐意说出这个令人伤心的真理。于是卡尔·费多雷奇深深叹了一口气；但是，一转眼，他又鼓起劲来，用急切的动作重新恳求我们注意，并且说，他刚才跳的方法不对，要我们再来评判一次。随后他重新跑到房间的另一个角落，有时，他是那样奋勉地跳着，脑袋碰到天花板，碰得很痛，然而，他却像一个斯巴达人那样勇敢地忍着痛，重新摆出一种舞蹈姿势停下来，又含笑地向我们伸出颤抖的双手，要求我们对他的命

运再做一次判断。但是爸爸好像哀求不动,依然沉闷地回答:

"不,卡尔·费多雷奇,显然,你的命运就是:无论如何不能令人满意!"

这回我可再也忍不住了,大声笑起来,爸爸也跟着笑。卡尔·费多雷奇终于发觉我们是在同他开玩笑,脸气得通红,他满含泪水,板着一副沉痛而滑稽的面孔(而正是这种面孔才使我后来为他的不幸感到难过),对爸爸说道:"你这个不忠事(实)的朋又(友)!"

随后他抓起帽子,跑出去,还赌咒发誓他永远不来了,可是这种争吵并不持久;过了几天,他就又到我们家里来,重新念起那本有名的剧本,重新流泪,然后这个天真的卡尔·费多雷奇重新又恳求我们评判一下他和命运、和人们谁是谁非,不过这次他要求我们必须像对待真诚的朋友那样,认真评判,不要再嘲弄他。

有一次,妈妈打发我到小铺里去买东西,我很小心地拿着找给我的小银币往回走。在楼梯上遇到了父亲，他从家里出来。我对他笑着，因为每当我看到他，就无法抑制住自己的感情，他弯下身，吻了我一下，发现我手里有银币……我忘记说，我是那样熟悉他脸上的表情，只要一看，马上就能猜到他几乎所有的心思。他忧郁时，我也苦闷得要命。他最苦恼的时候，往往是在他完全没有钱，喝不到一点酒的时候，而喝酒已经成为他的习惯。但是这时，当我在楼梯上碰到他的时候，我觉得，他脸上有种异样的表情。他那浑浊不清的眼睛彷徨着，起初他没有看到我有钱；但是当他发现我手里闪闪发光的硬币时，脸突然红起来，随后又变得苍白，他伸过手，想拿钱，可是立刻又缩回去。显然，他思想里在斗争。最后，他好像战胜了自己，叫我上楼，他往下走了几步，但突然又停下来，仓皇地叫住我。

他很狼狈。

"听着，涅朵奇卡，"他说，"把这些钱给我，我以后还你。嗯？你肯把钱给爸爸吗？你是个心肠非常好的姑娘，涅朵奇卡，不是吗？"

我仿佛事先就预料到了。但是在最初一刹那，因为感到胆怯,怕妈妈生气,特别是出于本能地替自己和替父亲难为情,我没有马上把钱拿出来。

他立刻看出来了,慌忙地说:"那就不必了,不必了……"

"不,不,爸爸,拿去吧;我就说是我丢了,说邻家的孩子抢去了。"

"这就好了,好了;我知道你是个聪明的姑娘,"他说,当他觉得钱已到手的时候,颤抖的嘴唇微笑着,再也掩饰不住自己的高兴,"你是个好心肠的姑娘,你是我的小天使!让我亲亲你的小手!"

于是他抓住我的手,想吻我,但我很快把手缩回来。一种怜悯的心情征服了我,羞耻心越发折磨起我来。我丢开爸爸,也没有同他告别,就怀着恐怖跑上楼。当我走进房间的时候,我的双颊绯红,一种至今还不能理解的难堪的感觉压着我的心。可是我却大胆地对妈妈说,钱掉到雪里,找不到了。我以为至少也要挨一顿打,但是并没有这样。妈妈起初确实很伤心,因为我们非常穷。她向我叫嚷,但好像立刻改变了主意,停止了责骂,只是说,我是个粗心的笨丫头，我，显然，不很爱她，否则怎么会这样不爱惜她的钱呢。这种指责比打我一顿还要使我难受。但是妈妈已经了解了我。她已经发觉我很敏感，这种敏感使我时常发生病态的激动，于是她想用这种辛酸的责备更强烈地来感动我，使我以后小心些。

黄昏，在爸爸应该回来的时间，我照例到过道里等着他。可是这次我心里却十分不安。一种痛苦地折磨着我的良心的东西搅乱了我的感情。父亲终于回来了，我非常高兴他回来，似乎以为这会使我轻松些。他已经带着醉意，但是，看到我，立刻显出一副神秘的尴尬样子，他把我带到一边，一面怯怯地望着我们的房门，一面从口袋里掏出他买的小姜饼，还低声嘱咐我，以后可别再瞒着妈妈拿钱了，说这样做是不好的，可耻的，不体面的；这次这样做，是因为爸爸非常需要钱，而他以后会还的，我以后可以说，钱又找到了，可是拿妈妈的钱是可耻的，叫我以后再别这么做，要是以后我听他的话，他还会给我买姜饼，最后，他甚至还要我可怜妈妈，说妈妈贫病交困，她一个人得养活我们全家。我怀着恐惧的心情听着，浑身发抖，眼泪像泉水一样从眼睛里流出来。我感动得说不出话，也不能动弹。最后，他走进房间，叫我不要哭，也不要对妈妈讲这件事。我看出，他自己也非常不安。我整晚心慌意乱，第一次不敢看父亲，也没有到他跟前去。他，显然，也在逃避着我的目光。妈妈在房间里来回踱着，像往常一样，自言自语，仿佛失掉知觉似的。这天她有些不舒服，发过一阵病。最后，由于心里难受，我发起寒热来。夜降临了，可是我睡不着。病中的梦境使我很难过。我简直受不住了，伤心地哭起来。妈妈被我哭醒了；她唤我，问我怎么啦。我没有回答，但是哭得越发伤心了。这时她点起蜡烛，走到我跟前，开始安慰我，她以为我做了噩梦。"唉！你这个傻丫头！"她说，"直到现在做梦还哭哩。得了，别哭了！……"接着她吻了我一下，叫我到她床上去睡。可是我不愿意，我怕抱她，怕挨近她。我痛苦极了。我想对她说出一切。我已经要说出口，然而一想到爸爸和他的告诫，就忍住了。"你真是个可怜的姑娘，涅朵奇卡！"妈妈说，一边帮我盖好被，还用自己的旧大衣把我裹起来，因为她发现我浑身打寒战,"你大概要像我一样变成个病鬼了!"她忧郁地望着我,我受不住她那种逼视,闭起了眼睛,掉过头去。我不记得我是怎样睡着的,可是迷迷糊糊的,很久我还听到,可怜的妈妈在我睡着以前,一直在安慰我。我还从来没有经受过这样沉重的痛苦。我的心被压得痛起来。第二天清晨,我觉得好些了。我同爸爸说话,可是没有提起昨天的事,因为我猜到,这样他会非常高兴。他立刻开心起来,他一直灰溜溜地望着我,现在,看到我很高兴,他也被一种说不出的快乐和几乎是孩子气的满足征服了。妈妈很快出去了,他也不再约束自己。他那样地亲起我来,竟使我沉醉在一种歇斯底里的兴奋中,又哭又笑。最后,他说,因为我是个聪明而善良的姑娘,他想叫我看一件好东西,这件东西我一定很乐意看。于是他解开背心,拿出用黑绳子系着挂在脖子上的钥匙。然后,神秘地望了望我,仿佛想从我的眼睛里看到全部他所设想的我应有的快乐,他打开箱子,小心地从里面取出一个我还从来没有见过的怪模怪样的黑匣子。他带着几分胆怯拿起这只匣子,样子完全变了;脸上笑容消失了，突然显出一种庄严的表情。最后，他用钥匙扭开这只神秘的匣子，从里面取出一个我从来没有见过的东西——这个东西的样子很奇特。他小心而且恭敬地把它拿在手里，说，这就是他的提琴，他的乐器。接着他开始庄重地对我低声说了许多话；可是我不懂得，我只懂得我已经知道的那些话：他是个演员，他有天才；以后，总有一天他还要拉提琴，而且，我们将来会富起来，过得很幸福。泪水从他眼睛里流出来，顺着双颊流着。我非常激动。最后，他吻了吻提琴，又把它给我吻。当他见我想把它拿到跟前来看看的时候，他带我到妈妈的床边，把提琴交到我手里；但是我看出，他全身发抖，唯恐我把提琴弄坏。我拿住提琴，拨了一下弦，弦发出轻微的响声。

"这是音乐!"我望着爸爸说。

"是，是音乐!"他重复着，兴奋地搓着手，"你是个聪明的孩子，你是个好孩子!"尽管他非常高兴而且还在夸奖我，然而，我看出，他在为自己的提琴担心，我也害怕了——很快把提琴还给他。提琴被小心地放到匣子里，匣子上了锁，又装进了箱子；爸爸重新摸摸我的头,还向我保证,只要以后我能像现在这样聪明、可爱而且听话,无论任何时候,他都可以拿提琴给我看。就这样,提琴把我们共同的苦恼赶跑了。不过,黄昏时爸爸出门,又悄悄对我说,叫我别忘记昨天他对我说的话。

我就是这样在我们家里长大的,渐渐地我的爱——不,顶好说是痛苦,因为我另外找不出像这样深刻的字眼,能把我对父亲无法遏制而对自己很痛苦的感情全部表达出来——甚至达到了一种病态的激动。我只有一种快慰——想念他;只有一个心愿——尽量使他得到即使是极其微小的快乐。有时,我屡次站到楼梯上等他回来,浑身颤抖,脸冻得发青,而唯一的目的是想要早点看到他回来,快点见到他。有时,每当他对我表示抚爱时,即使只是一点儿,我都会高兴得发狂。然而,我却时常感到十分难过,我竟会如此冷酷地对待可怜的妈妈。有时,看到她,我的心就由于忧伤和怜悯而感到疼痛。对于他们彼此间那种永久的仇恨,我不能保持淡漠,我必须在他们之间进行选择,站到某一方面,我终于站到这个疯子方面了,唯一的原因是,他在我的眼睛里显得那样可怜、卑贱,而且在最初他还那样不可思议地启发了我的想象力。但是,谁能说得清楚呢?——也许,我爱他正是因为,他是一个甚至从外表上看来都很古怪的人,不像妈妈那样严肃、阴郁,因为他差不多是疯子,常常做出一些孩子似的耍把戏的举动,最后,还因为我不大怕他,甚至不像尊敬妈妈那样尊敬他。他似乎同我亲昵些。我渐渐地觉得,我甚至对他占了上风,慢慢使他服从我了,他已经离不开我。这使我心里感到骄傲;我从心里庆幸着;因为知道他离不开我,有时还同他撒娇。确实,我的这种奇怪的眷恋很有点像小说……但是命里注定,这部小说并没有继续好久:我很快失去了父亲和母亲。他们的生命在一次可怕的灾难中结束了,这个灾难,痛苦而沉重地留在我的记忆里。下面我就来叙述这是怎样发生的。

三

这时有一件特别的新闻轰动了整个彼得堡。一位著名的 C-ц 要路过这里。所有彼得堡音乐界人士都惊动起来。歌手、演员、诗人、艺术家、音乐迷,甚至那些本来不爱音乐而坦然以不懂音乐自豪的人,都热烈地来抢购门票。大厅几乎容纳不下能拿二十五个卢布买门票的热心家们的十分之一;但是这位 C-ц 在欧洲的声誉,他那享有盛名的高龄和永不衰竭的新颖的天才,以及风传他最近已很少公开演出,这是他最后一次周游欧洲,以后不再演出等等的说法,都发生了一定的效力。总而言之,影响既深且广。

我已经说过,每次来一位提琴家,即使是稍有名气的提琴师,都使我的继父不愉快。他常常忙着抢先去听外来演员的演奏,为的是早点知道他的全部艺水平。他往往甚至因为周围的人称赞新来的演员而难过。直到他能从新来的提琴家的演奏中发现破绽，并且说些刻薄话，尽其所能地到处散布了自己的看法以后，才能安静下来。这个可怜的疯子，以为全世界只有一个天才，只有一个演员，而这个演员自然就是他自己。但是关于音乐界天才 C-Ц 到来的传闻，对他震动很大。应该说明，最近十年来彼得堡没有听到一个很有名的和有才能的人的演奏，更不用说像 C-Ц 这样的天才了；因此，我的父亲也就无从知道欧洲第一流演员们的演技。

我听说，还在传说 C-Ц 要来的一开始，我的父亲就立刻又出现在剧院的后台。据说，他显得很激动，焦急地打听着 C-Ц 和行将举行的演奏会的消息。大家已经很久没有见到他，他的出现甚至也发生了影响。有人想逗他玩，故意挑衅地说：

"现在您，老兄，叶果尔·彼得洛维奇，将要听到的不是芭蕾舞曲，而是那样一种也许会使您活不下去的音乐！"有人说，他听到这种嘲笑，脸苍白了，却歇斯底里地微笑着，回答说："等着吧；鼓声远听总是好的；这位 C-Ц 不是只在巴黎待过吗，可见得这都是法国佬捧出来的，而我们老早就知道，法国佬是些什么东西了！"以及诸如此类的话。周围的人都哈哈大笑起来；可怜的人觉得很委屈，但是，他抑制住自己，接着说，他，其实，用不着说什么，大家很快就会看到的，等着吧，到后天反正不远了，一切奇迹马上就会出现。

Б.说，就在这天傍晚，黄昏以前，他碰到了 X 公爵，这是一位著名的业余音乐家，一位深知和热爱艺术的人。他们一路走着，谈论着新来的演员，忽然在一条街的拐弯角上，Б.看到了我的父亲，他站在一家商店的橱窗前，凝神望着贴在橱窗上用大字标明 C-Ц 演奏会的广告。

"您看到那个人了吗？" Б.指着我的父亲说。

"那是谁？"公爵问。

"您已经听说过他了。这就是那个我同您不止谈过一次，而且您还曾经帮助过的叶菲莫夫。"

"啊，这很有趣！"公爵说，"您谈过他许多事情。据说，他很有意思。我很想听他拉拉提琴。"

"这就不必了,"Б.回答说,"况且这是件令人难堪的事。我不知道您觉得怎样,可是我却时常为他十分伤心。他的生活——是一个可怕得不成样子的悲剧。我很了解他,不管他怎样卑劣,我仍然同情他。公爵,您说他很有意思。这是真的,可是他给人们留下了极沉痛的印象,首先,他是一个疯子;其次,在这个疯子身上有三条罪过,因为,除了他自己以外,他还害了两个人——他的妻子和女儿。我了解他;倘若他确信自己犯了罪,他会立刻死掉。但是最可怕的是,已经八年之久,他却'差不多'认为自己是犯了罪,然而为了不是'差不多',而是完全认识自己的罪过,八年来他一直在同自己的良心争斗着。"

"您不是说他穷吗?"公爵说。

"是的;但是穷现在对他倒几乎是一种幸福,因为这是他的口实。他现在可以对所有的人说,就是穷害了他,倘若他有钱,他就会有时间,没有牵挂,因而表现出自己是怎样一个了不起的演员了。他抱着想用妻子的一千个卢布来开始自立的奇怪打算结了婚。他的行为就像一个幻想家,一个诗人,而且在生活中一直是这样。您可知道,他在这整整八年中不断地说些什么吗?他说,他不幸的根源就是妻子,她妨碍了他。他闲着,不想干活。但是倘若他失掉了这个妻子——那他就要成为世界上最不幸的人了。他已经多年没有摸过提琴——您知道什么缘故?因为每次,当他拿起提琴来,他的内心就不得不承认,他是个微不足道的人,是个渺小的人,而不是演员。现在,当提琴弓搁在一边的时候,他终究还能有一线渺茫的希望,说这种结论是不正确的。他是个空想家;他以为,他会忽然一下子借着奇迹变成一个世界上最有名的人。他的格言是:'不做恺撒[1],宁不为人',仿佛人们能够这样突然一霎眼就变成一个恺撒似的。他渴望荣誉。但是倘若这种感情变成了一个演员的主要的和唯一的动力,那么这个演员就已经不是演员了,因为他已经丢掉了艺术主要的本性,就是,爱好艺术,仅仅由于它是艺术,而不是其他,不是荣誉。С-ц 就不然:当他拿起提琴弓来的时候,对于他,除了音乐

---

[1] 恺撒(Дезарь)——古罗马的独裁君主。

之外世界上什么都不存在。音乐之外，主要的是钱，荣誉仿佛是第三位。但他很少注意荣誉……您可知道，现在这个不幸的人在关心什么事情吗？"Б.指指叶菲莫夫，接着说。"他在想着一件世界上最愚蠢、最无聊、最可笑的毫无意义的事，就是：他比С-ц高明呢，还是С-ц比他高明，此外他什么也不想，因为他仍然相信，他是天下第一名乐师。如果您能使他相信，他不是演员，我敢说，他会立刻像遭到雷殛一样地死掉，因为要他丢掉那种已经牺牲了他整个一生的固执的想法，是太可怕了，而且这种想法的基础是根深蒂固的，因为当初他确实是有天赋的。"

"当他听到С-ц的演奏时会怎么样呢？这倒很有趣。"公爵说。

"是的，"Б.沉思地说，"但是不：他会立刻恢复老样子；他的疯狂胜过真理，他会马上找出别的借口。"

"您这么想吗？"公爵问。

这时他们走到和我的父亲并排了。起先他想悄悄溜过去，但是Б.叫住他，同他说话。Б.问他是否要去听 C-ц 的演奏会。父亲冷淡地回答说,不知道,他有一桩比一切外来的大音乐家和演奏会更重要的事,然而,但是,等着看,倘若能抽出一点时间,为什么不去呢?会去的。于是他慌张地向 Б.和公爵望望,猜疑地微笑了一下,随后举一举帽子,点点头,推说没有时间,就走过去了。

但是我在前一天就已经知道父亲心里有事了。我不知道,究竟是什么事使他烦恼,但看出,他十分不安;这一点连妈妈也觉察到了。她这时不知为什么病得很重,走路也不方便。父亲忽而回家来,忽而出门去。早晨有三四个客人,他的老同事来找他,我很诧异,因为自从爸爸完全离开剧院以后,我们就和所有的人断绝了来往,除了卡尔·费多雷奇,在我们家里几乎从来没有见到过别人。最后,卡尔·费多雷奇上气不接下气地跑来了,还带来一张广告。我留心听着:仔细观察着这一切,我心里很不安,仿佛在爸爸脸上流露出来的这一切焦虑和忧愁,都是因为我一个人引起的。我很想弄清楚他们说些什么,于是我第一次听到了 C-ц 的名字。随后,我又听到,要看到这位 C-ц，至少要十五个卢布。还记得，爸爸不知怎么忍耐不住了，挥了一下手，说，他知道这些外国的宝贝，闻所未闻的天才，也知道这位 C-ц，全是些犹太佬，是来赚俄国人的钱的，因为俄国人天真得简直什么瞎话都相信，更不用说是法国人大肆宣传的了。我已经懂得"没有天才"这句话是什么意思。客人们笑起来，很快都走了，爸爸心情非常坏。我明白了，他因为一件什么事，在对这位 C-ц 生气，为了讨他喜欢并且替他解闷，我走到桌子旁边，拿起广告，开始认着上面的字，并且还出声地念着 C-ц 的名字。随后，我笑起来，望了望坐在椅子上沉思的爸爸，说道："这个人大概也和卡尔·费多雷奇一样：想必也无法令人满意。"爸爸哆嗦了一下，好像害怕什么似的，从我手上抢去广告，嚷着，跺着脚，抓起帽子，走出房间去，可是随即又转回来，把我叫到过道里，吻我，并且怀着某种不安和暗暗的恐惧开始对我说，我是个聪明的孩子，是个好心肠的孩子，想必，我不愿意叫他伤心，他期待我替他办一件大事，但是究竟是什么事，他却没有说。再说，我当时听到他的话非常难过；我看出，他的这些话和抚爱并不真诚，这一切，不知道为什么，使我非常激动。我痛苦地为他担忧起来。

第二天，午饭时——这已经是演奏会前一天了——爸爸显得很失望，他的样子变了许多，不停地望望我，又望望妈妈。最后，他甚至同妈妈说起话来，我很吃惊——我之所以吃惊，是因为他几乎很久没有同她说过话。午饭后，不知为什么他忽然对我特别殷勤；不时找寻各种借口，把我叫到过道里，东张西望，好像生怕别人看到他，他总是摸着我的头，吻着我，重复地对我说，我是个好孩子，我很听话，想必，我会爱自己的爸爸，而且，一定会做他要我做的事。所有这一切使我痛苦得难以忍受。最后，当他第十次叫我到楼梯口时，一切都明白了。他带着愁闷和疲乏不堪的表情，一边不安地向周围张望，一边问我：知道妈妈昨天早晨带回来的二十五个卢布放在哪里吗？听到这种问话，我吓呆了。但是就在这一刹那，有谁在楼梯上说话了，爸爸害怕得丢下我，跑出去。他回来时已经傍晚了，他忧愁而困惑地默默坐在椅子上,开始用怯生生的目光望着我。我忽然感到一种恐惧,我故意躲避着他的视线。最后,一整天躺在床上的妈妈唤我了,她给了我几个铜币,叫我到小铺去给她买点茶叶和白糖。我们很少喝茶:就是妈妈也只是在觉得自己不大舒服或是发热的时候,在我们经济条件许可的时候,才准许自己有这种嗜好。我拿了钱,刚一走上过道,立刻就跑起来,仿佛生怕有人会追上我。但是,我预料的事情发生了:在我已经走到街上时,爸爸追上我,他把我又叫回到楼梯上。

"涅朵奇卡!"他用颤抖的声音开始说,"我的亲爱的!听着:把这些钱给我,我明天就……"

"好爸爸!好爸爸!"我叫起来,跪下来哀求他,"爸爸!不行!不行!妈妈要喝茶……不能拿妈妈的钱,绝对不能拿!我下一次……"

"那么你不愿意,你不愿意,对吗?"他气愤若狂,低声对我说,"那么,可见,你是不想爱我啦?好吧!现在我不管你了。你去找妈妈吧,我可要离开你们,而且不带你同我一起走。你听到了吗?狠丫头?你听到吗?"

"好爸爸!"我非常恐怖地叫起来,"把钱拿去,给你!现在我怎么办呢?"我搓着手说,扯住他的外套下摆,"妈妈会哭的,妈妈又要骂我了!"

他好像没有预料到会有这样的反抗,然而还是把钱拿过去;最后,他实在忍耐不住我的抱怨和痛哭,就把我丢在楼梯上,自己跑下去了。我上了楼,但是走到我们的房间口,我失去了力量;我不敢进去,也无力走进去;我整个心被搅乱了。我用手捂住脸,扑到窗台上,像第一次听到父亲说他希望妈妈死的时候一样。我仿佛失掉了知觉,麻木了,听到楼梯上每一个微小的响动,浑身发抖。最后,我听到,有人匆匆忙忙地跑上楼来。这是他;我听出是他的脚步声。

"你在这儿?"他低声说。

我扑到他身上。

"给你!"他叫着,把钱塞到我手里,"给你!拿回去!我现在不是你的父亲,你听到没有?我现在不想当你的父亲了!你爱妈妈胜过爱我,你到妈妈那儿去吧!我不想看见你!"说完这些话,他用力把我一推,又跑下楼去。我哭着,拼命追赶着他。

"好爸爸！亲爱的好爸爸！我听话！"我叫，"我爱你比爱妈妈还厉害！把钱拿去吧，拿去吧！"

但是他已经听不见我说的话；不知跑到哪里去了。这天整个晚上我很伤心，不停地打着寒战。记得，妈妈把我叫到她跟前对我说了些什么话，可是我好像失掉了知觉，什么也听不到，什么也看不到。最后，一切通过歇斯底里的发作结束了：我哭起来，叫嚷着；妈妈很害怕，可是不知道该怎么办。她把我抱到自己床上，我不记得，是怎样睡着的，我搂着她的脖子，浑身颤抖着，时时刻刻都在害怕着什么。这样过了一整夜。第二天早晨我醒来很迟，妈妈已经不在家了。她常常在这时候出去办自己的事情。爸爸跟前有一个客人，他们俩在高声谈着什么话。我好不容易才等到客人走了，当只留下我们俩的时候，我扑到父亲怀里，哭着，请求他饶恕我昨天的事。

"那你以后会像从前一样，做个聪明的孩子吗？"他严厉地问我。"会的，好爸爸，会的！"我回答说，"我告诉你，妈妈的钱藏在什么地方。昨天还在她这个抽屉的小匣子里放着。"

"放着？在哪里？"他精神一振，叫着，站起来，"在哪里放着？"

"锁着呢，好爸爸！"我说，"等等吧：晚上，妈妈会叫我换钱的，因为我看到，零钱都花光了。"

"我需要十五个卢布，涅朵奇卡！听见吗？只要十五个卢布！今天想办法给我弄到；明天就还你。现在我去给你买糖、买花生……还给你买洋娃娃……明天也买……而且以后每天每天都给你带糖果回来，只要你做个聪明的姑娘！"

"不要，爸爸，不要！我不要糖果；不要吃糖果；我会全都还给你的！"我叫着，眼泪禁不住流下来，因为在这一刹那我非常伤心。在这一分钟我觉得，他并不怜惜我，他并不爱我，因为他没有看到，我是怎样在爱着他，而以为，我是为了糖果才替他做事的。在这时，就连我，一个孩子，都看透了他，而且觉得，这个发现永远伤害了我的心，我已经不能爱他了，我失掉了我从前的爸爸。他因为我的诺言，兴奋得很；他看得出，我准备为他承当一切，为他做一切事，而天晓得，这"一切"当时对我是多么沉重！我明白，这些钱对可怜的妈妈是多么要紧；也知道，她可能因为失掉钱，而伤心得生起病来，我懊悔极了。但他却什么也看不出来；他把我当成三岁小孩子，其实我什么事都懂得。他高兴得很；吻我，劝我不要哭，还答应我，今天我们就离开妈妈，到某个地方去——显然，他是在满足我长期的幻想，最后，他从口袋里掏出一张广告，对我肯定地说，他今天要去见的这个人，是他的敌人，是他的不共戴天的敌人，然而他的敌人是绝对不会成功的。他真像一个小孩子那样，同我谈论着自己的敌人。看到我不像往常他对我说话时那样总是微笑着，而是默默地听他说话，于是他拿起帽子，走出房间，因为他急于要到什么地方去；但是出去的时候，又吻了我一下，并且还含笑向我点了一下头，似乎是不信任我，又似乎是在鼓励我，怕我变主意。

我已经说过，他好像一个疯子；而这在演奏会的前一天就更显露出来了。他需要钱买这次演奏会的门票，这次演奏会将决定他的一切。他仿佛预先感觉到，这次演奏会将决定他的整个命运，然而他竟那样精神恍惚，在演奏会前一天想拿走我手里的铜币，好像可以用这点钱去买门票似的。午饭时，他的那种奇怪的神情越发明显了。他再也不能安静地坐在凳子上，他什么东西也没有吃，时时站起又坐下，好像在认真考虑着什么；时而抓起帽子，准备出门，时而又忽然莫名其妙地现出心不在焉的样子，他不停地自言自语着，随后又忽然向我望望，对我眨眨眼，做出些表情，好像是在说，等不及了，快点想办法弄钱吧，又好像在生气，为什么我直到此刻还没有从妈妈那里弄到钱呢。甚至妈妈也看出这一切奇怪的表情了，吃惊地望着他。我仿佛是一个被判处死刑的人。午饭后，我躲到角落里，浑身直哆嗦，像发疟疾，计算着妈妈通常打发我去买东西以前的每一分钟。在我的一生中没有经受过比这更痛苦的时刻；它们永远留在我记忆中。在这一瞬间还有什么滋味我没有尝到呢！有时，一个人在短短几分钟里所感受到的东西，比好几年还要多。我觉得，我在做一件大坏事；他曾经启发了我善良的本性，那是在第一次他心虚地叫我做坏事以后，因为对自己的行为感到吃惊，才向我解释，说我做得很不体面。难道他不明白，要蒙蔽我的天性是困难的吗？我渴望认清事物，而且已经领会和识别了许多善和恶。我当然知道，他所以再次下决心叫我去做坏事，从而牺牲我那可怜而无保障的童年，并又一次来动摇我的还不坚定的良心，显然是迫于万不得已。现在，我躲在角落里，自己寻思着：为什么他为了我自愿去做的事，要答应给我奖赏呢？我的脑子里产生了许多新的感想，新的意向和至今还不明白的新的疑问，我为这些疑问苦恼着。随后，我突然想起妈妈；我设想着，她在丢掉最后的一点点收入以后的痛苦的样子。最后，妈妈放下繁重的工作，叫我过去。我颤抖着走到她跟前。她从抽屉里取出钱来，交给我，说："去吧，涅朵奇卡；不过，看在上帝面上，不要像前两天那样，又叫人骗了，还有，无论如何，不要丢了。"我带着恳求的表情向父亲望了一眼，但他却点点头，对我怂恿地笑笑，焦急地搓着手。钟已经敲过六点，而演奏会于七时整开演。为了等待这一刻来临，他也给折磨得够苦了。

我在楼梯上站住，等他。他是那样焦急不安，竟毫无顾忌地马上跟着我跑出来。我把钱交给他；楼梯上很黑，我看不见他的脸，然而我感觉到，他在接钱时，浑身发抖。我站着，好像吓呆了，一点也不能动弹；最后，当他叫我上楼去给他拿帽子的时候，才清醒过来。他甚至不想再走进房间。

"爸爸！难道……你不同我一起进去吗？"我结结巴巴地问，最后还希望他能替我说情。

"不……你一个人去吧……好吗？等等，等等！"他恍然大悟地叫道，"等等，我马上给你买糖果来；不过，你先上去，把我的帽子拿来。"

好像一只冰冷的手突然抓住我的心。我大叫一声，推开他，跑上楼。当我走进房间的时候，我惊慌得脸变了色，倘若这时我能想到说，钱给人抢走了，妈妈准会相信。但这时我什么话也说不出来。我在非常恐怖的绝望中，向妈妈床上横扑过去，双手捂住脸。不一会儿，门轻轻地嘎吱一响，爸爸走进来。他来拿自己的帽子。

"钱在哪儿？"妈妈突然嚷起来，她一下子就猜到发生了不寻常的事，"钱在哪儿？说呀！说呀！"

她从床上把我提起来放到房间当中。

我不作声,眼睛望着地,我简直不明白,我是怎么回事,他们要拿我怎么办。

"钱在哪儿?"她又嚷起来,扔下我,突然转向已经拿起帽子的爸爸。"钱在哪儿?"她又嚷着,"啊!她把钱给你啦?你这个作孽的!我的冤家!杀我的凶手!你这也毁了她!毁了孩子!懂吗?不行,不能这样轻易饶过你!"

她立刻跑到门前,从里面把它锁上,钥匙拿在自己手里。

"说!老实说!"她对我嚷着,声音激动得几乎听不清楚,"老老实实说出来,说呀,说!要不……我可不知道,我会把你揍成什么样子!"

她抓住我的手,使劲拧着,审问着我。她简直疯了。在这一刹那我发誓不开口,不说出一个字牵连到爸爸,但是最后一次,当我胆怯地向他抬起眼睛时……他的一个眼色,一句话,以及任何一个我所暗自期待和祈求的动作——都会使我感到幸福,尽管我受着痛苦的折磨和严厉的拷打……然而,我的天啊!他却用一个冷酷的恫吓的手势命令我沉默,仿佛这时我还会害怕旁的什么威胁似的。我的喉头哽咽了,喘不过气来,两腿发软,我失去了知觉,倒在地上……我昨天的那种歇斯底里的发作又开始了。

当突然有人敲我们房间门的时候,我醒过来。妈妈开了门,我看到一个身穿仆役服的人,他走进房间,惊讶地向我们打量了一番,然后问谁是叶菲莫夫乐师。继父说自己就是。于是仆人交给他一封信,并且说他是 Б.派来的,Б.此刻正在公爵府上。在信封里放着一张约他去听 С-Ц 演奏会的请帖。

这个仆人的光临,他身上穿着阔气的制服,他说出自己的主人,公爵的名字,这位公爵专门派人到穷乐师叶菲莫夫这儿来——所有这一切,刹那间都给了妈妈强烈的印象。我在故事的一开头就说过她的性情,可怜的女人仍然是爱父亲的。直到这时,虽然她接连不断地受了整整八年的折磨,但她的心并没有变;她仍然能够爱他!天晓得,也许,她此刻突然看到他转运了。即使是任何一点希望对她都会发生影响。谁知道呢——也许,她也传染到一些她那狂妄的丈夫的固执的自负！况且要这种自负对她这软弱的女人没有丝毫影响，那也是不可能的，因此，关于公爵的关怀，她能立刻为他虚构出成千的幻想。一瞬间她又准备同他和好了，她可以原谅他一生中所犯的罪，甚至包括他那最后的罪行——牺牲她唯一的孩子，而且在重新骤然燃起的一阵热情的冲动中，在突然爆发的新的希望中，她可以把这个罪行降低为一种普通的过错，因为贫困、难堪的生活、绝望的处境所造成的一种懦弱的行为。她仍然爱着他，在这一刻她又准备饶恕即将毁灭的丈夫，并且为他忍受数不清的苦难了。

父亲慌张起来；公爵和 Б.的关怀也大大使他激动。他径直走到妈妈身边，低声对她说了些什么，于是她走出房间。过了两分钟，她拿着兑换的钱回来了，爸爸立刻给了来人一个银卢布，这人恭恭敬敬鞠了个躬走出去。与此同时，妈妈又到外面去了一会儿，拿来了熨斗，找出丈夫的一件比较好些的胸衣熨起来。她替他扎上白麻纱领带，这是很久以前同那套还在进剧院做事时缝的但已穿得很旧的黑燕尾服一起藏在衣柜里以备万一的。妆扮停当以后，父亲拿起帽子，但是，在将要出去时，他又叫拿杯水来；他脸色苍白，疲惫地坐到椅子上。水是我拿给他的；也许，怨恨又重新偷偷爬上了妈妈的心头，她的最初的兴致冷下去了。

爸爸出去了；只剩下我们俩。我躲在角落里，长久地默然望着妈妈。我从来没有看见过她这样激动：她的嘴唇颤抖着，苍白的双颊突然发红了，有时她浑身哆嗦。最后，开始用抱怨、用暗泣、用唠叨来发泄她的忧愁。

"这是我，这全是我的错，我这个苦命的人啊！"她自言自语，"她会怎么样呢？她会怎么样呢，要是我死了？"她说着，停在房子中间，好像触了电，这个念头使她感到害怕。"涅朵奇卡！我的孩子！我的可怜的孩子！我的苦命的孩子！"她说，握住我的手，然后又紧紧搂住我，"把你托付给谁呢？在我活着的时候就不能养育你，照顾你。唉，你不知道我的心思！知道吗？记得我现在对你说的话吗？涅朵奇卡？以后会记得吗？"

"会的，会的，妈妈！"我说，合拢双手，恳求她。

她久久地紧紧搂抱着我，仿佛害怕我们马上就会离别似的，我的心要碎了。

"好妈妈！妈妈！"我呜咽着说，"为什么你……为什么你不爱爸爸？"我突然说不出话来。

她长叹一声。随后，在可怕的新的忧伤中，在房间里来回踱起来。

"可怜的孩子，我的可怜的孩子！可是我还没有在意，她已经长大成人了！她懂得，什么都懂得！我的天啊！这给了她个什么印象，什么榜样！"于是她又绝望地搓着手。

随后她走到我跟前，狂热地吻我，吻我的手，恳求我饶恕，泪水洒在我手上……我从来没有见过这样的悲痛……最后，她痛苦到极点，好像陷入昏迷状态。这样过了整整一个钟头。随后她精疲力竭地站起来，对我说，叫我躺下睡觉。我走到自己的角落里，裹进了被窝，却睡不着。我为她难过，也为爸爸难过。我焦急地盼望着他回来。一想到他，一种什么恐怖的感觉就控制了我。过了半个小时，妈妈拿着蜡烛，走过来看我睡着了没有。为了安慰她，我闭起眼睛装睡。看过我以后，她轻轻走到橱前，打开橱门，给自己倒了一杯酒。她喝过酒，把燃着的蜡烛放在桌上，像往常爸爸回来得迟的时候那样，没有闩门，就躺下睡觉了。

我昏昏沉沉地躺着，但是总睡不熟。我好不容易闭上了眼睛，但立刻又惊醒过来，一些可怕的幻影吓得我直打哆嗦。我愈来愈感到苦恼。我想叫喊，却叫不出来。最后，已经深夜了，我听到，我们的门开了。我不记得过了多久，但是，当我突然睁开眼睛来的时候，我看到了爸爸。我觉得，他的脸苍白得吓人。他坐在靠近门边的椅子上，仿佛沉思着什么。房间里静寂无声。淌着油的蜡烛忧郁地照着我们的房间。

我久久地望着爸爸，但他仍然一动也不动；他呆呆坐着，总是那个姿势，垂着头，两手紧撑着膝盖。我好几次想唤他，然而却不能。我不能动弹。最后，他突然清醒过来，抬起头，站起来。他在房子中间站了一会儿，好像要决定做一件什么事；随后忽然走近妈妈的床前，细听着，直到相信她是睡着了，才向那只放着他的提琴的大箱子走去。他打开箱子，取出匣子，把它放在桌上；然后，又向四周望望；他的目光模糊而且仓皇，我从来还没有见过他这样的目光。

他拿起提琴，但，随即又把它放下，回去闩上门。随后，发现橱柜开着，就悄悄走过去，他看到了杯子和酒，于是倒上酒，喝了。这时他又第三次拿起提琴，但，第三次又放下它，并且向妈妈床前走去。我吓呆了，等待着将要发生的事。

不知道为什么，他细听了好久，随后突然掀开她脸上的被子，用手摸她的脸。我哆嗦了一下。他再一次俯下身，把头几乎贴近她身上；但是当他最后一次坐起来的时候，仿佛有一丝微笑从他那惨白的脸上掠过。他小心地轻轻用被子蒙住妈妈，盖住她的头和脚……我被一种无名的恐惧吓得发起抖来；我替妈妈害怕，为她的沉睡害怕，我怀着惊慌的心情，望着在被子上面显出她那肢体轮廓的弯曲而僵硬的线条……突然一个可怕的念头像闪电一般穿过我的脑子。

他做完所有这些准备工作，重又走到橱前，喝完剩下的酒。他全身战栗着,向桌子旁边走去。他叫人认不出来了——他的脸是那样苍白。这时他重又拿起提琴。我见过这把提琴,而且也知道它是什么东西,但是此刻我在等待着某种危险可怕的不寻常的事情……最初的响声,使我浑身哆嗦了一下。爸爸开始拉提琴了。但是不知道为什么声音却若断若续;他常常停下来,好像在回忆着什么;最后,他带着痛苦不堪的表情放下琴弓,奇怪地茫然向床上望望。仿佛那里有什么东西使他感到不安。他又走到床边……我不放过他的每一个动作,恐惧的感觉使我屏息不动,我紧紧盯住他。

忽然,他慌张地开始在手边找起什么东西来——于是那个可怕的念头,又像闪电一般,激动了我。我想:为什么妈妈会睡得这样死呢?为什么他摸她的脸,她不醒呢?最后,我看到,他把所有能找到的衣裳都拿过去,拿了妈妈的旧大衣,自己的旧外套,睡衣,甚至我睡觉时脱下来的衣服,把妈妈连头带脚盖起来,她就被埋在这堆衣服的下面;然而她还是一动也不动地躺着,全身僵直。

她睡得可真死呀!

做完这些事,他好像很畅快地舒了一口气。这一下再也没有什么来妨碍他了,可是不知为什么他仍然感到不安。他挪动了一下蜡烛,脸朝着门站着,他甚至不愿向床上瞧一眼。最后,他拿起提琴,用琴弓狠狠敲了一下弦……音乐开始了。

但是这不是音乐……我清楚地记得一切,直到最后的一刹那;记得所有那些当时刺激我的注意力的东西。不,这不是后来我听到过的音乐!这不是提琴的响声,却仿佛有谁第一次在我们的黑暗的房间里发出痛苦的嘶叫。或许我的印象是错乱的,是病态的,或许我的感觉已经被见到的一切所震惊,准备去承受所有可怕的痛苦难堪的印象——但是我坚信,我听到了呻吟、叫喊和哭泣;全部的绝望都从这些声音中流露出来,并且,最后,当响起了可怕的终曲,而把悲哀里最大的悲哀、痛苦里最深的痛苦、忧愁里最绝望的忧愁表现出来的时候——所有这一切好像一下子都汇合在一起……我不能忍受了——我发起抖来,泪水从我的眼睛里涌出,我发出可怕的绝望的叫声,扑倒在爸爸怀里,用双手搂住他。他大叫一声,放下了提琴。

在一瞬间,他茫然无措地站着。然后,他的眼睛向四处张望;好像在寻找什么东西,突然他抓起提琴,在我头顶上一挥……再过一分钟,也许,他会当场打死我。

"好爸爸!"我叫起来,"好爸爸!"

他听到我的叫声,浑身像树叶一样抖动,并且向后退了两步。

"啊!原来还有你在!原来还不是一切都完结了!原来还留下了你和我!"他叫,抓住我的肩膀,把我举到空中。

"好爸爸!"我又叫起来,"别吓我,看上帝面上吧!我害怕!哎哟!"

我的哭声感动了他。他慢慢把我放到地上,沉默地向我凝视了一会儿,仿佛在辨识我是谁,而且在回忆着什么。最后,突然,好像什么东西使他改变了主意,好像有一种可怕的念头使他很吃惊——泪水从他那模糊不清的眼睛里流出来;他俯身向我,开始仔细瞧着我的脸。

"好爸爸!"我对他说,我怕得要命,"不要这样看我,好爸爸!我们离开这儿吧!我们快点走吧!我们走吧,我们逃吧!"

"对,我们逃,我们逃吧!是时候了!去,涅朵奇卡!快,快点!"他着起忙来,仿佛直到这时他才想起应该怎么办。他匆匆向四周张望着,见到地板上有一块妈妈的头巾,他拾起来,放进了口袋,随后又看到一顶女睡帽,他也拾起来藏在自己身边,好像在准备作长途旅行,他带上所需要的一切。

我很快穿好衣裳,也匆匆忙忙开始收拾起我认为旅途所需要的东西。

"你准备好了吗?你准备好了吗?"父亲问,"全准备好了吗?快点!快点!"

我急忙打起包袱,围上头巾,在我们俩已经要出门的时候,我突然想起,还应该带上那张挂在墙上的画片。爸爸立刻同意了。这时他已经平静下来,低着声音说话,可是却催我快点。画片挂得非常高;我们俩抬过一张椅子,然后在椅子上加了个凳子,吃力地爬上去，费了不少的事，才把它拿下来。这时我们的旅行，一切都准备好了。他抓住我的手，我们已经开始走了，可是突然爸爸叫住我。他长久地擦着额头，好像在拼命思索着，还有什么事情没有做。他似乎终于想起他应该做的事情了，他找出放在妈妈枕头下面的一串钥匙，急急忙忙在抽屉里翻着。最后，他回到我身边，带着在抽屉里找到的一点钱。

"给你，拿着这些钱，要藏好，"他低声对我说，"别丢了，记住，记住！"

起先他把钱放在我手里，后来又把钱拿着塞进我怀里。还记得，当这些银币碰到我的身体时，我哆嗦了一下，我好像直到这时才明白，钱是什么东西。这时我们又准备上路了，但他又突然止住我。

"涅朵奇卡！"他一边对我说，一边好像在竭力思索什么，"我的孩子，我忘记了……可是，是什么事情呢？……该是什么事情呢？……我想不起来……对，对！想起来了，想起来了！……过米，涅朵奇卡！"

他引我到放神像的墙角里，叫我跪下。

"祈祷吧，我的孩子，祈祷吧！这会对你有好处！……是的，的确，这会对你有好处的，"他指着神像低声对我说，一边还奇怪地茫然望着我，"祈祷吧，祈祷吧！"他用一种恳求的声音说。

我跪下来，合拢双手，我心里充满了恐惧和绝望，我趴在地上，屏着气待了几分钟。我竭力集中自己的全部思想感情来祈祷，但恐惧征服了我。我伤心地站起来。我已经不愿意同他一起走了，我怕他；我想留下来。最后，那个折磨和苦恼我的东西，从我头脑中一下子爆发出来。

"爸爸，"我痛哭流涕地说，"那妈妈呢？……妈妈该怎么办呢？她到哪里去？我的妈妈到哪里去呢？……"

我说不下去了，泪水浸湿了我的脸。

他也泪汪汪地望着我。最后，他拉住我的手，引我到床边，推开叠起的那堆衣裳，揭开被子。我的天啊！她僵直地躺在那里，身上已经冷了而且发青了。我仿佛失掉了知觉，扑倒在她的尸体上，抱着她。父亲叫我跪下来。

"给她磕头，孩子！"他说，"向她告别吧……"

我磕了头。父亲也跟着我磕头……他的脸苍白得可怕极了；他的嘴唇颤动着，在嘀咕着什么。

"这不是我，涅朵奇卡，不是我，"他用发抖的手指着尸体对我说，"听着，这不是我；这不是我的罪过。记住，涅朵奇卡！"

"爸爸，走吧，"我恐惧地低声说，"是时候了！"

"是的，现在是时候了，老早是时候了！"他说，紧紧抓住我的手，急急忙忙从房间里走出去，"好啦，现在上路了！谢天谢地，谢天谢地，现在一切都了结了！"

我们走下楼梯，睡眼惺忪的看门人替我们开了门，猜疑地望望我们，爸爸好像生怕他会问什么，先从大门里跑出去，我好不容易才赶上了他。走完我们住的那条大街，来到运河岸上。夜里石子路上下了雪，而且现在还飘着小雪花。天很冷；我冻得骨头都打战了，跟在爸爸后面跑，紧紧拉着他的衣裾。提琴挟在他的腋下，他时时停下来，用胳臂重新挟好琴匣。

我们走了约莫一刻钟；最后，他沿着人行道的斜坡走向河床，坐到最末尾的一块路标石上。离我们两步远有一个冰洞。周围没有一个人。天啊!我还清楚地记得,当时那种突然征服了我的恐怖的感觉,就像事情是现在发生的一样!我向往了整整一年的事情终于实现了。我们离开了贫穷的住屋……但是难道这就是我所期待、我所向往的事情吗?难道这就是当我预期着那种并非孩子们所热爱的幸福时,在我童年的幻想中所构思出来的事情吗?在这一刹那最使我难受的是妈妈。"为什么我们丢下她一个人呢?"我想,"为什么我们把她的尸体像垃圾那样抛弃了呢?"记得,这件事最使我痛苦。

"好爸爸!"我开口了,再也忍不住自己的那种痛苦的忧虑,"好爸爸!"

"什么事?"他严厉地问。

"好爸爸,为什么我们把妈妈丢在那里呢?为什么我们把她丢下呢?"我哭着问,"好爸爸!我们回家吧!我们找一个人照顾她。"

"对,对呀!"他精神一振,突然叫起来,从路标石上站起,仿佛想出了一个什么新念头,打破了他的全部疑虑,"对,涅朵奇卡,这样不行;应该到妈妈那里去；她在那儿会感到冷！到她那儿去吧，涅朵奇卡，去吧；那里不黑，那里有蜡烛；别怕，随便找个人去照顾她，然后再到我这儿来；你去吧，我在这里等你……我决不会跑开。"

我立刻走了，但是刚刚踏上人行道，突然好像有什么刺痛了我的心……我掉转头，看见他已经向另一个方向跑去，在这一刻他竟抛弃了我，撇下我一个人，独自逃走了！我拼命叫喊。怀着极大的恐怖奔去追赶他。我喘不上气来；他愈跑愈快……我已经看不见他了。在路上我看到他在奔跑中丢掉的帽子；我拾起来，重新跑着追赶。我的呼吸几乎要停止了，腿也发软。我觉得，好像有一种什么无形的东西在我身上发作了：我总以为，这是梦，有时我有这样一种感觉，正像我所梦见过的那样，我被人追逐，但是我的两腿发软，追我的人赶上了我，我昏倒在地。痛苦的感觉在撕裂着我：我可怜他，当我想到，他没有穿大衣，没有戴帽子，为了躲开我这个他所钟爱的孩子而逃跑时，我心里痛苦极了……我想追上他，只是为了想狠狠地吻他，对他说，别怕我，告诉他并且安慰他，我不是来追他的，倘若他不愿意同我在一起，我可以一个人回到妈妈那里去。最后，我看到他拐进一条胡同。我也跑到胡同口，跟着他转过去，我还分辨得出他在我前面跑……但是突然我觉得没有力气了：我痛哭并且叫喊起来。记得，在奔跑时我碰到两个过路人，他们在人行道中间站住，惊奇地望着我俩。

"好爸爸！好爸爸！"我最后一次喊，但是突然在人行道上滑了一下，摔倒在一个人家的大门口。我觉得，我的脸上全是血。刹那间我失去了知觉。

清醒过来的时候，我躺在一张暖暖的软软的床上，看到周围站着一些和蔼可亲的人，他们见我苏醒过来很高兴。我仔细瞧着那个眼镜吊在鼻梁上的老太婆，和那个怀着深深的同情望着我的高个子先生；随后又仔细瞧着那个美貌年轻的太太，最后瞧着那个抓住我的一只手、看着表的白头发老人。我被新的生活唤醒了。我奔跑时碰到的两个人，其中一个是X公爵，我就是摔倒在他家大门口的。经过长久的调查，知道我是谁以后，公爵，这个给我父亲送C-Ц演奏会门票的人，为这件怪事所感动，决定把我收留在他家,同自己的孩子一样来教养。又着手打听爸爸的下落,后来知道,他由于极度神经错乱,在城外被人扣留起来。他被送进医院,在那里待了两天就死了。

他死了,他这样死是他那全部生活必然和自然的结果。当支持他的生命的一切,像幻影、像无形的空虚的梦想一下子破灭和消散的时候,他应该这样死去。当他失掉了最后的希望,当他猛然认清了用来欺骗自己和支持自己全部生活的一切都完了的时候,他死了。真理的咄咄逼人的光芒使他大为震惊,谎话对于他终究是谎话。在最后的时刻,他听到了一个绝妙的天才家的演奏,这个天才家对他说明了,他自己究竟是怎样一个人,而且给他判定了终身。从天才的 C-Ц 的琴弦中传出的最后的声音,对他揭开了艺术的全部秘密,永远年轻而坚强的真正的天才家,用自己的真相粉碎了他的幻想。仿佛,那仅仅在神秘而渺茫的痛苦中折磨了他一生的东西,那直到此刻以前他述在幻想,而且在朦胧中苦恼着他的东西,是难以觉察和无从捉摸的,纵然有时也觉察到一点,但他恐怖地逃避它,一生中自己用谎话掩护住,他预感到而至死仍然害怕的一切——突然，一下子显现出来，清楚地显现在他的眼前，他的眼睛直到这时以前还顽固地不肯承认白是白、黑是黑。真理使他的眼睛初次看清楚了一切：过去、现在和将来，他受不住了；它搞乱了和毁灭了他的理性。它像闪电一般，突然无可逃避地向他袭来。他怀着紧张和畏惧的心情等待了一生的那件事，突然出现了。仿佛，一生中斧头都悬在他头顶上，一生中他无时无刻不在难以形容的痛苦中等待着它向他砍来；斧头终于向他砍下来了！这个打击是致命的。他想逃避对自己的裁判，然而却无处可逃：最后的希望失掉了，最后的借口没有了。照他那糊涂的想法，那个使他苦恼了多年、不让他生活的人，那个他认为只要她一死自己就能立刻振作起来的人，现在是死了。最后，只剩下他一个人，没有什么东西再妨碍他：他终于自由了！他在极度心慌意乱中，想仿照一个公正的法官，铁面无私，对自己严格地进行最后裁判；然而他那软弱无力的琴弓却只能笨拙地重复着天才家最后的乐句……在这一刹那，已经窥伺了他十年的神经错乱症，就必然会葬送掉他。

四

我慢慢恢复了健康;但是在我已经完全能起床的时候,我的神志却依然处在麻痹状态中,很久我不能明白,我究竟碰到了什么事。有时,我觉得,我在做梦,并且,记得,我很想使一切发生过的事真个变成梦!夜里入睡前,我希望着,随便怎么样,突然又在我们的穷苦的房间里醒来,看到父亲和母亲……但是,最后,我终于明白了我的处境,我渐渐弄清楚,我只是一个人了,而且住在旁人的家里。于是我头一次感到,我变成孤儿了。

我开始好奇地观察起这突然包围了我的一切新的事物。起初,在我看来,一切都是奇怪而不可思议的,一切都使我感到惶惑不安:陌生的面孔,新奇的习惯,公爵的古老的宅第——此刻仿佛还在我眼前,高高大大的，装饰得很华丽，然而却那样阴森森的，记得，我简直害怕通过任何一间长长的厅房，在这样的厅房里，我觉得，自己完全不存在了。我的病还没有好，我的心情悲哀而且沉重，完全和这所住宅的森严、沉闷的气氛相一致。此外，某种我自己也不大明白的哀愁，在我的小小的心灵中愈来愈强烈了。我常常在某幅画前，在镜子前，在刻着美妙图案的石头或塑像前困惑地站着，塑像仿佛故意躲在深龛中，要从那里更好地窥视我而且想办法吓唬我，我站着，随后突然忘记了我为什么站住，想干什么，想到了什么，有时，突然感到恐惧和惊慌，这才清醒过来，我的心跳动得很厉害。

当我还病在床上时，在所有时常来探望我的人当中，除了年老的医生，最感动我的是一个已经相当上了年纪的男人，他那样严肃，而却那样善良，含着那样深深的同情望着我！我爱他甚于爱其他一切人。我很想同他说话，但是我怕：他的样子时常很忧郁，说起话来断断续续，而且很少，他的嘴唇边从来未露出过微笑。这就是那个发现了我并且收养了我的 X 公爵。当我开始复原时，他的探望就愈来愈少了。此外，最后一次，他给我带了一些糖果和一本有插图的小孩书，吻我，给我画十字，并且要我放愉快些。为了安慰我，他还说，我很快就会有伴儿了，是个同我一样的小姑娘，他的女儿卡加，她现在在莫斯科。随后，他同他孩子的保姆，一个上了年岁的法兰西女人，和照顾我的姑娘说了些什么，对她们指指我，就出去了，从那时起整整三个星期我没有见到他。公爵在自己家里非常孤独地生活着。公爵夫人占着大部分的房间；她有时也几个星期见不到公爵。后来我发现，甚至连家里所有的人都很少谈到他，好像他不生活在这个家庭里。所有的人都尊敬他，而且甚至，可以看出，都喜欢他，然而却都把他看成一个奇奇怪怪的人。似乎，他自己也明白，他很古怪，有点和别人不同，所以也尽可能少在人前露面……在适当的时候我会用许多篇幅详细地谈到他。

一天早晨，家里人给我穿上干净的薄衬衫，给我穿上戴着白丧章的黑色连衣裙，我怀着一种悲哀而困惑的心情望着这件衣服，又给我梳好了头，把我从楼上带到楼下公爵夫人的房间里。我被带到她那里,我一动也不动地站住:我还从来没有见过我的周围这样富丽堂皇。但这只是一刹那间的印象,当我听到公爵夫人的声音,命令把我带得靠近一点时,我的脸发白了。还在穿衣服的时候,我就想,准备去忍受某种折磨,虽然不知道为什么我的脑子里会产生这种念头。一般地说,我是对周围的一切抱着惊奇和怀疑的态度走进新的生活的。但是公爵夫人却对我非常亲切,而且吻了我。我比较大胆地望了她一眼。这就是在我昏倒后清醒过来时看到的那个漂亮的太太。但是在吻她的手的时候,我浑身战栗起来,怎么也不能集中心思来回答她的问题。她叫我坐在她旁边的小凳上。似乎,这个座位是早就替我预备好的。可以看出,公爵夫人只是想全心全意地爱我,亲切地待我,并且完全代替我的母亲。然而我却无论如何也不能明白,碰到这种机会,我却没有得到她的欢心。家里人给我一本很漂亮的有插图的书,叫我看。公爵夫人不知在给谁写信,有时放下笔,同我说说话;但是我的思想混乱极了,说不出一句适当的话来。总之,虽然我的经历是很不寻常的，而且在我的经历中，大半是由命运和各种各样甚至可说是神秘的道路在摆弄我，而且一般地说，有着许多有趣的，无法形容的，甚至奇怪的事情，然而我，好像有意在同整个带有戏剧性的场面作对，表现出是一个极其寻常、胆怯，好像受尽虐待的，甚至有点愚蠢的孩子。特别是最后一点，公爵夫人非常不喜欢，于是我，似乎，很快就使她十分厌倦了，这，自然，只怪我自己。拜会在两点多钟的时候开始，公爵夫人突然对我更加殷勤和亲切起来。在客人们问到我的情况时，她回答说，这是一个非常有趣的故事，接着她就开始用法国话叙述起来。在她叙述时，人们望着我，摇头，感叹着。一个年轻人把长柄的眼镜转向我，一个满身香气的白发老头子想吻我，可是我的脸白一阵、又红一阵，低垂着眼睛坐着，不敢动一动，我浑身发抖。我心里难过得要命。我回想起往事和我们的小阁楼，回想起父亲和我们的漫长而沉寂的黄昏，还有妈妈，当我想起了妈妈——我的眼睛里满含泪水，我的嗓子哽咽了，我是多么想跑开，躲起来，一个人待着……后来，拜会结束，公爵夫人的脸就显然变得很严峻。她阴沉沉地望着我,说话断断续续,特别是她那有时整整一刻钟盯着我的锐利的黑眼睛和紧紧闭着的薄嘴唇,使我很害怕。傍晚,我被带上楼。我在极度亢奋中睡去,夜里醒来,病态的梦境使我悲伤和哭泣;而第二天早晨那种生活又开始了,我被带到公爵夫人面前。最后,她似乎对向客人们叙述我的故事感到厌倦了,而客人们对向我表示同情也感到厌倦了。并且,我又是这样一个寻常的孩子,"一点不天真",记得,这是公爵夫人在同一位上了年纪的太太单独谈话,那位太太问她同我在一起,难道不感到无聊的时候,夫人自己说的。于是,在一个黄昏,我就被领走,以后就不再要我去了。我受宠爱的生活就这样结束了;不过,我可以随自己的意到处逛。是的,我的心灵深处病态的忧愁使我不能老待在一个地方,每当我终于躲开了所有的人,走到楼下的大房间里,我就非常高兴。记得,我很想同家里的人们谈话;可是我却那样怕惹他们生气,宁愿一个人待着。我最喜欢的消遣,就是随便躲到一个不引人注目的角落里,随便站在一个什么橱柜的后面,在那里马上开始回想和思索我所经过的一切。但是，真是怪事！我好像忘记了我在双亲家里最后遇到的一些事情，以及那个可怕的事件。我的眼前是一些模糊的情景和事实。我虽然记得一切——夜，提琴，父亲；记得，怎样给他弄到钱；然而不知怎的，却不能理解和弄清楚所有这些发生过的事……我的心只有更沉重，每当我回忆起在死去的妈妈身旁祈祷的那一会儿，我就吓得浑身发抖；我哆嗦着，低声叫着，随后感到呼吸很困难，我整个胸部痛极了，心跳得很厉害，我恐怖得从角落里跑出来。不过，说我是一个人待着，这话是不对的：我被极留神、极热心地照看着，公爵的吩咐被准确地执行着，他吩咐给我充分的自由，丝毫不要限制我，却一分钟也不能放开我。我发觉，有时，或是一个家里人，或是一个仆人到我待着的房间里来看看，也不和我说一句话，就走开了。这种关切使我非常吃惊而且有些不安。我不能明白，为什么这样做。我总觉得，他们是为了某种目的才收养我，并且想以后在我身上打什么主意。记得，我经常想办法往远处走，以便在必要时，知道该往哪里躲。一次我错走到正面的台阶上。这是全部用大理石砌成的宽阔的台阶，铺满了地毯，并且摆着许多鲜花和美丽的花盆。在每块小空地上，有两个穿着红红绿绿的衣服、戴着手套、扎着雪白的领带的身材高大的人默默地坐着。我困惑地望着他们，无论如何也不明白，为什么他们坐在那里，不作声，只是互相望着，什么事也不做。

我愈来愈喜欢这种孤独的散步。而且还有另外一个原因使我不愿意在楼上待着。楼上住着公爵的老姑母，她几乎从不出门。这个老太婆给我留下了深刻的印象。她可算是家里最重要的人物。在同她接触时，所有的人都遵守着某种庄严的礼节，就连那样骄傲专横的公爵夫人，一礼拜平均也要有两次，按照规定的时间亲自上楼向姑母请安。她通常是早晨去；老是被庄严的沉默打断的枯燥无味的谈话开始了，在全部谈话时间，老太婆或是低声念着祷文，或是拨弄着念珠。参见只能在老太婆想结束时才能结束，她从座位上站起来，吻吻公爵夫人的嘴唇，用以表示，参见结束了。从前公爵夫人必须每天拜见自己的长辈；但后来照老太婆的意思减少了，公爵夫人只要在一礼拜的其余五天，每天早晨打发人去向她问安。总而言之，老郡主几乎过的是修道院里的生活。她是个处女，她在三十五岁那年，进了修道院，在那里熬了十七年，但是没有剃发；后来离开了修道院，来到莫斯科，打算同身体一年不如一年的姐姐，寡妇 Л.伯爵夫人一起住，并且还打算同和她吵了二十多年的二姐，也是个未出嫁的郡主讲和。但是，据说，老太婆们并没有和和气气地过一天，她们上千次要分居，然而却办不到，因为她们终于看到，为了防止寂寞和老病发作，她们中间任何一个对于另外两个都是不可缺少的。尽管她们的生活并没有动人之处，并且在她们那莫斯科的尖塔式的房子里笼罩着一种庄严的沉闷，然而全城人士却认为不应该断绝对这三位隐士的拜访。她们被看成是一切贵族遗风和传统的守护者，被看成是最显赫的贵族的活史册。伯爵夫人去世后，留下许多良好的回忆，这是一位杰出的女人。从彼得堡来的人首先要拜访她们。谁要是在她们家里受到接待，那就到外都会受到接待。可是伯爵夫人去世了，于是两姊妹分开：年长的X郡主留在莫斯科，继承了已故的无后的伯爵夫人留下来的属于自己的那份遗产，而妹妹，这位修女却迁居到彼得堡自己的侄儿X公爵家里来。可是公爵的两个孩子卡加郡主和亚历山大，为了安慰和排遣姑祖母的寂寞就暂时留在莫斯科。热爱着自己孩子的公爵夫人，却在分离的全部服期内，一句不满的话也不敢说。我忘记说了，在我来到公爵家里时，全家还没有满服；但不久就满服了。

老太婆浑身着黑衣服，永远是一件普通的毛料连衣裙，围着浆硬的打着小褶的白色活领，这使她具有一副养老院里收容的老太婆的那种模样。她从不丢开念珠，虔诚地去做弥撒，吃长素，接待各种宗教界人士和庄重的人，读圣典，总而言之，过着修女的生活。楼上寂静得可怕；连门的嘎吱声都不准有：老太婆好像一个十五岁的小姑娘那样灵敏，随时会派人来追查响动，甚至一点小声音的来源。所有的人都低声说话，踮着脚走路，连可怜的法兰西女人（也是个老太婆），最后也不得不脱下自己心爱的高跟鞋。高跟鞋没有人再穿了。在我到他们家两个礼拜以后，老郡主派人来查问：我是什么人，我怎么会到这里来的，等等。她很快得到了相当满意的回答。于是又打发专人来责问法兰西女人，为什么直到此刻郡主还没有见到我？顿时起了一阵骚动：开始给我梳头，洗脸，洗手，手本来不洗就很干净，教我走路，行礼，愉快地看人，有礼貌地说话——总之，把我折腾得够受。然后，从我们这边打发了一个人去问：想不想接见孤女？回答是不想，可是却指定了明天做过弥撒之后接见。我一夜没睡好，后来有人对我说，我通夜都在说梦话，说我走近郡主，并且为一桩什么事求她饶恕。我终于被召见了。我看到一个瘦小的老太婆坐在一张很大的安乐椅上。她向我摇摇头，并且戴上眼镜仔细看我。记得，我使她非常不高兴。显然，我很怕生，既不会请安，又不会吻手。询问开始了，我结结巴巴地回答着；可是在问到父亲和妈妈时，我哭起来了。我的激动使老太婆很不愉快；不过，她开始安慰起我来，并且教导我把希望寄托在上帝身上；随后又问，我最后一次进教堂是在什么时候，因为我好不容易才弄明白她的问题，这是由于从来就没有人关心过我的教育，郡主简直吃惊了。打发人去叫公爵夫人来，晓喻了一番，并且还决定在头一个礼拜天就带我上教堂去。郡主答应在这天以前为我祈祷，但是吩咐带我出去，因为我，照她的话来说，给她留下了非常不好受的印象。一点也不奇怪，这是当然的事。但从这里也就看得出，她很不喜欢我；在同一天就差人来说，我太闹了，整个房子都听到我的闹声，然而那时我却整天坐着，一动也没有动；显然，这只是老太婆的感觉。然而第二天又给了这样的训诫。恰巧，这时我失手打破了一只碗。法兰西女人和所有的姑娘都失望极了，立刻把我搬到最远的一个房间里去住，她们在万分恐惧中都跟着我到了这个房间里。

我已经记不得，这件事以后是怎样结束的。可是这就是我乐意到楼下来，并且喜欢一个人在大房间里徘徊的原因，我知道，在这里我不会妨碍到任何人。

记得，有一次我坐在楼下一间厅房里。我用手捂着脸，低垂着头，这样坐了不知几个钟头。我总是想着想着；我的孱弱的头脑无法排遣所有的忧愁，我心里愈来愈沉重，愈来愈痛苦了。突然在我头顶上传来

一个人轻轻的说话声:

"你怎么啦,我的可怜的孩子?"

我抬起头来:这是公爵;他的脸上流露出深切的同情和怜悯;然而我却带着那样悲痛、那样不幸的面孔望着他,他那蔚蓝色的大大的眼睛里满含泪水。"可怜的孤儿!"他抚摸着我的头说。

"不,不,不是孤儿!不是!"我说,禁不住抽咽起来,我愈来愈激动亢奋。我站起,抓住他的手,吻着,泪水洒在他手上,我哀求地重复说:"不,不,不是孤儿!不是!"

"我的孩子,你怎么啦?我的亲爱的,可怜的涅朵奇卡?你怎么啦?"

"我的妈妈在哪儿?我的妈妈在哪儿?"我叫起来,高声痛哭着,无法再掩饰自己的苦恼,我精疲力竭地跪倒在他面前,"我的妈妈在哪儿?我的亲爱的,告诉我吧,我的妈妈在哪儿?"

"原谅我,我的孩子!……唉,我的可怜的孩子,我使她想起……我干什么了!走,和我一起走,涅朵奇卡,和我一起走。"他抓住我的手,很快带我走了。他心里激动到极点。最后，我们来到一间我还没有看到过的房间。

这是专门供神的房间。黄昏了。神灯的火焰照在神像金色的衣饰和宝石上闪闪发光。圣像暗淡的面容从辉煌的头饰下露出来。这里的一切与别的房间不同，神秘而且阴森，我简直吃惊了，我感到无名的恐惧。况且我又有那种病态的情绪！公爵急忙拉我在圣母像前跪下，自己站在我身边……

"祈祷吧，孩子，祈祷吧；我们俩来祈祷！"他激动地低声说。

可是我不能祈祷；我感到惊讶，甚至害怕；我记起那最后一夜父亲在母亲身旁说的话；我的歇斯底里又发作了。我病倒在床上，在这次发病期间我几乎死去；这件事情就是这样的。

一天早晨一个熟悉的名字传到我耳里。我听见了C-Ц 的名字。这是一个家里人在我床边说起的。我哆嗦了一下；往事在我脑海里涌现出来，我回忆着，幻想着，而且苦恼着，记不清在这种昏迷状态中躺了多久。我醒来时，天已经很晚了；周围是一片黑暗；

小灯熄了,照顾我的姑娘不在房里。突然我听到远处有音乐声。有时声音完全静息下来,有时响声愈来愈大,好像就在近处。不记得,是一种什么感情支配了我,在我患病的头脑里突然产生了一种什么念头。我从床上起来,我不知道从哪里找到的力量,很快穿上我的孝服,摸着走出房间。我在其他几个房间里也没有看到一个人。我终于来到了走廊上。声音愈来愈响。走廊中间是下楼的楼梯;我常常顺着这条路到大房间里去。楼梯照得通明;下面有人在走动;我躲到角落里,不让别人看到,可是趁没有人的时候,我就跑到楼下的走廊上。音乐在隔壁客厅里大声响着;那里人声嘈杂,仿佛是聚集了上万的人。客厅的门正对着走廊,挂着两层鲜红色天鹅绒的大帷幕。我揭起第一层,站在两层帷幕中间。我的心跳得很厉害,几乎站不稳了。可是过了几分钟,我终于使自己平静下来,鼓起勇气,拨开第二层帷幕的一点边……我的天啊!我一向进去的这间高大而阴森的客厅,此刻被万丈灯火照亮着。好像火海向我涌来,我那习惯了黑暗的眼睛,在最初一刹那被刺得发痛了。香风,像疾风一样，扑到我脸上。人们来来回回地走着；仿佛，所有的面孔都是欢乐愉快的。女人们穿着那样华丽、那样鲜艳的衣裳，到处是快乐的目光。我茫然站着。我觉得，这一切我曾经在梦中什么地方见过……往日的黄昏又浮现在我眼前，我记起了我们的阁楼，高高的窗户，下面点着灯的低低的街道，对面挂着红窗幔的窗子，拥挤在门口的轿车，傲慢的马匹的踏步声和鼻息声，叫声，嘈杂声，窗里的人影以及远处微弱的音乐声……原来，这就是那个天堂呀！——我的脑子里迅速闪过这个念头——这就是我想同可怜的父亲去的地方……因此，这不是梦！……是呀，在我以前的幻想和梦境中，我所见到的也正是这样！我的脑子里突然发生了一种被病刺激出来的怪想，莫名其妙的兴奋的泪水涌上我的眼睛。我用眼睛搜寻着父亲："他一定在这里，他在这里！"我想，希望使我的心猛烈跳动着……我屏着气。但是音乐中断了，传来一片嘈杂声，整个大厅里在低声说着话。我贪婪地注视着走过我面前的人，努力辨别那些人是谁。突然客厅里起了一阵不寻常的骚动。我看到高处站着一个瘦瘦长长的老年人。他那苍白的脸微笑着,他局促地弯下身,向四面行礼;他的手里拿着提琴。周围开始沉静下来。仿佛这里所有的人都停止了呼吸。所有的脸都朝着老人,一切都在等待着。他拿起提琴,用琴弓碰了一下弦。音乐开始了;我觉得仿佛有某种东西突然压上我的心头。我怀着无限的忧伤,屏着气,细听着这乐声;某种熟悉的东西传到我耳朵里来,好像我在什么地方听到过;在这些声音里含着某种预感,一种极其可怕的预感,在我心里也发生了这种预感。最后,提琴响得愈来愈有力;声音也愈来愈快,愈来愈尖了。就像是谁在绝望地哀号,在抱怨地哭泣,就像是谁在向这群人徒然地哀求,发出如泣如诉的声音,然后在绝望中沉默了。不知是一种什么东西使我心里觉得愈来愈熟悉。可是我的心却无法相信。我咬紧牙关,生怕会难过得呻吟起来,我抓紧帷幕,生怕跌倒⋯⋯有时我闭起眼睛,又突然睁开,希望这是梦,希望能够在我所熟悉的那个可怕的时刻醒来,朦胧中我觉得我又回到那最后的一夜,我听到了同样的声音。我睁开眼睛,想得到证实,我拼命地向人群里望，不，这是另外一些人，另外一些面孔……我觉得，所有的人都像我一样，在等待着什么，所有的人都像我一样，在深深地苦恼；仿佛，他们都想对这可怕的呻吟和哀号叫喊，要它停止，别再折磨他们的心，然而哀号和呻吟却愈来愈悲痛、愈凄惨、愈长久。突然响起了最后的可怕的长长的叫声，我激动极了……毫无疑问！这就是那叫声！我听得出，我已经听过这种声音，它也像那时，那个黑夜一样，深深地刺痛了我的心。"父亲！父亲！"好像闪电一般，在我的脑子里出现了这样一个念头，"他在这里，这是他，他在呼唤我，这就是他的提琴！"仿佛所有在场的人都发出了呻吟，接着客厅里响起了惊人的掌声。我绝望地尖声哭出来。我再也忍耐不住了，拉开了帷幕，闯进客厅。

"爸爸，爸爸！是你！你到哪儿去的？"我叫着，几乎不省人事了。

不知道，我是怎样跑到高个子的老人跟前的：人们给我让开了路，叫我过去。我痛苦地叫着扑倒在他身上；我以为抱住了父亲……突然看到，不知是谁的骨瘦如柴的长手抓住了我,把我举到空中。一双黑眼睛盯住我,好像想用这双眼睛的火焰把我烧掉。我望望老人。"不!这不是父亲;这是杀他的凶手!"我的脑子里闪出这个念头。我感到愤怒,突然我觉得,他在我的头顶上空哈哈大笑,随着这笑声客厅里响起了一片叫喊声;我失去了知觉。

五

这是我害病的第二个时期,这是最后一个时期。

我重新睁开了眼睛,看到一个像我一样大的女孩子低头望着我,我头一个动作是把手伸给她。一见到她,我整个心灵都充满着一种幸福、一种仿佛是甜蜜的预感。你想想她那小脸蛋是多么美妙迷人啊,她是怎样一个令人惊心炫目的美女啊,在这样的美女面前,你会兴奋得发抖,像被什么刺着似的,突然在甜蜜的困惑中愣住,你会因为她的存在,因为你能见到她,因为她在你身边走过而感激她。这就是公爵的女儿卡加,她刚从莫斯科回来。她对我的举动微笑了一下,我的衰弱的神经就高兴得痛起来了。

郡主招呼父亲,他正站在两步远的地方,和医生谈话。

"好啦，谢天谢地，谢天谢地！"公爵抓住我的手说，在他的脸上流露出真挚的感情。"我很高兴，很高兴，太高兴了，"他照平常的习惯迅速地说着，"瞧，这就是卡加，我的女儿，认识认识吧——这就是你的同伴。快点复原吧，涅朵奇卡。好狠心的姑娘，可把我吓坏了！……"

我的健康恢复得很快。几天之后我已经能走动了。每天早晨卡加总是笑嘻嘻地来到我床前，她的笑容从没有离开过嘴边。我像等待幸运那样等她来；我是多么想吻她呀！然而顽皮的姑娘到这里却待不上几分钟；她不能够规规矩矩地坐一会儿。总是蹦蹦跳跳、吵吵嚷嚷的，闹得满屋轰轰响，这是她必不可少的需要。所以还在第一天见面时，她就对我说，她觉得在我身边待着太无聊了，因此以后她会很少来，即使这样，也还是因为她可怜我——只好如此，不能不来；可是等我病好了以后，我们就会好了。因此每天早晨她的头句话就是："喂，病好了吗？"

因为我总是那样瘦弱、苍白，而且在我那忧郁的脸上还显出有些怯生生的微笑，于是郡主立刻皱起眉毛，摇着头，懊丧地跺着脚。

"我昨天不是对你说过吗，要你快点儿好！怎么回事？是不是他们不给你饭吃？"

"是的，给得很少。"我胆怯地回答，因为我在她面前已经感到羞愧了。我拼命想尽可能使她喜欢我，因此我留心自己的每句话和每个举动。她的到来，愈来愈使我兴奋。我目不转睛地望着她，有时，她走了，我，好像着了迷似的依然望着她站过的那个地方。我开始在梦里梦到她。而醒着时，她不在跟前，我就虚构出许许多多同她的谈话，我是她的朋友，和她在一起游玩，顽皮，而且当别人为某件事责备我们时，还同她一起哭——总而言之，我像恋人似的幻想着她。我很想，像她劝告我的那样，很快恢复健康，胖起来。

有时，每当卡加早晨跑到我这儿来，头一句话就喊："病好了吗？还是这么瘦！"我好像负罪的人似的，胆怯起来。但是没有什么比我不能在一昼夜就恢复健康，更使卡加惊奇的了，因此她终于真的生起气来。

"那么你愿意我今天就给你带馅饼来吗？"有一天，她对我说，"吃了这个，你很快就会发胖。"

"带吧。"我高兴地回答说,因为这样就能再看到她一次。

郡主来看我的时候,总是坐在我对面的一张椅子上,然后就开始用她那黑眼睛仔细瞧着我。开始,仿佛同我初次见面似的,她带着十分天真的惊奇神情,把我从头到脚不停地打量着。而我们的谈话却进行得不顺当。我害怕卡加,害怕她那突然的乖张的行动,虽然我非常渴望同她谈话。

"你干吗不作声?"卡加沉默了一会儿说。

"爸爸在做什么?"我问,很高兴有这么一句话能够开始每次的交谈。

"不做什么。爸爸很好。我今天喝了两杯茶,不是一杯。你喝了多少?"

"一杯。"

又是沉默。

"今天佛尔斯达福[1]想咬我。"

---

1 佛尔斯达福(Фальстаф):莎士比亚的历史剧《亨利四世》中的一个荒唐人物。

"这是狗吗?"

"是的,是狗。怎么你没有见过?"

"不,见过。"

"那你为什么问呢?"

我不知道怎样回答才好,于是郡主又一次吃惊地望望我。

"我同你说话,你很高兴,是吗?"

"是的,非常高兴;常常来吧。"

"别人对我这么说,要是我来看你,你会快乐的,那你快下床吧;今天就给你带馅饼来……干吗你总是不作声呀?"

"不知道。"

"是不是你老是在想事情呢?"

"是的,想许多事情。"

"有人对我说,我说得多,想得少。难道说话是坏事情吗?"

"不。我喜欢你说话。"

"嗯,我去问列奥达太太,她什么都知道。那么你在想什么呢?""我在想你。"我沉默了一下回答说。

"这使你开心吗?"

"是的。"

"那么你爱上我了?"

"是的。"

"可是我还不能爱你。你这样瘦!好吧,我给你带馅饼来。再见!"

郡主匆匆忙忙地吻了我,就跑出房间。

但是午饭后真带来了馅饼。她发狂似的跑进来,快乐地大笑着,她到底把禁止给我吃的东西带给了我。

"多吃点儿,多吃点儿,这是我的馅饼,我自己没有吃。好吧,再见!"我刚看到她,她就走了。

还有一次,也不是在规定的时间里,午饭后,她突然跑到我这儿来;她那一绺一绺的黑鬈发像漩涡似的披散着,两颊绯红,眼睛闪着光;可见,她蹦蹦跳跳已经一两个钟头了。

"你会踢毽子吗?"她喘着气,急促地叫喊,忙着要上什么地方去。"不会。"我回答,很惋惜不能说:"会!"

"咳，真是！好吧，等你病好了，我来教你。我就是为这件事来的。我现在和列奥达太太玩去，再见；她们在等我。"

我终于能完全离床了，虽然还很虚弱，没有力气。我的头一个念头就是可以不再离开卡加了。不知她身上有种什么力量，不可抗拒地吸引着我。我总是看不够她，这使卡加感到惊奇。我对她的爱是那样强烈，我的新的感情是那样急剧地发展着，使她不能不发觉到这一点，起初她觉得这实在是件怪事。记得，有一次，在游戏的时候，我控制不住自己，跑过去搂住她的脖子，吻起她来。她挣脱我的拥抱，抓住我的手，皱起眉头，仿佛我有什么事得罪了她，问我：

"你怎么啦？干吗吻我？"

我像一个做了错事的人一样，不好意思了，她急促的质问，使我全身哆嗦了一下，我什么话也没有回答。郡主耸耸肩头，表示无法理解（这种动作已经成为她的习惯），她十分严厉地紧闭起那肥软的双唇，丢开游戏，坐到墙角的一张沙发上，从那里久久地打量着我，并且思索着什么，仿佛在解决一个突然在她脑子里产生的新疑问。这也是她在碰到一切疑难时的一种习惯。至于我，很久很久都不能习惯她的性格这种简单生硬的表现。

　　起初我责备自己，并且认为我确实有许多古怪的地方。但是，虽然这是事实，而我却仍然感到困惑莫解：为什么我不能一开始就同卡加要好，而且使她永远喜欢我呢？我的失败挫伤了我的自尊心，我情愿忍受卡加的每一句不大客气的话，情愿忍受她的每一个不信任的眼色。但是我的痛苦却不是与日俱增，而是与时俱增了，因为任何事情，一遇到卡加，就会进展得特别快。没有过几天我就发现，她非常不喜欢我，甚至厌恶起我来。一切在这个小姑娘身上都变化得很快而且绝对化——换句话说——倘若不是因为在这种天真直率的性格的像闪电一般快的变化中，有着真实而崇高的美的话，那简直就是粗暴。开始，她先对我觉得怀疑，后来甚至轻视起我来，似乎首先是因为我什么游戏都不会。郡主喜欢蹦蹦跳跳，她强壮、活泼、伶俐；而我却完全不是这样。因为病，我还很虚弱、静僻而且沉闷，游戏不能使我感到快乐；总而言之，我实在没有本事使卡加喜欢我。此外，每当别人为了某件事不满意我时，我就不能忍耐：立刻难过起来，情绪沮丧，甚至没有力量来补救自己的过错，改变别人对自己的不好的印象——总而言之，我的情绪坏透了。这一点卡加无论如何也不能理解。有时，当她花了整整一个小时来教我踢毽子，而得不到结果的时候，起初她甚至对我感到惊讶，照着她的习惯，吃惊地仔细望着我。可是因为我马上显得难过起来，我的眼睛里涌出泪水，于是她在对我进行了几次研究之后，既不能从我身上、又不能从她的思索中得到解答，她终于完全抛开我，开始一个人玩，不再来邀我，甚至好几天不同我说一句话。这使我痛苦极了，我几乎受不了她这种轻视。新的孤独，看来比以往的孤独对我更加沉重，我又伤心起来，沉思起来，忧愁充满我的心头。

监护我们的列奥达太太，终于发现了我们关系中的这种变化。因为首先我引起了她的注意，我的不得已的孤独使她吃惊了，她直接去找郡主，责备她不好好对待我。郡主皱起眉头，耸了一下肩，声明说，她和我没有什么好玩的,我不会游戏,我总是在想心事,不如等沙夏弟弟从莫斯科回来,那时他们俩会玩得痛快些。

但是列奥达太太并不满意这样的回答,指责她说,她竟在我病着的时候丢开我,我不像卡加那样愉快、活泼,这倒好些,因为卡加活泼得太过分了,她这也要搞搞,那也要动动,三天前还几乎被叭喇狗咬死,总而言之,列奥达太太毫不容情地责备了她一顿;最后叫她即刻来同我和好。

卡加很留心地听着列奥达太太的话,好像从她的训诫里真懂得了什么新的道理。丢下在客厅里滚的铁环,她走到我跟前,认真地望望我,吃惊地问:"您真的想玩吗?"

"不。"我回答说,在列奥达太太责备她的时候,我在替自己、也替卡加担心。

"那么您想干什么呢?"

"我想坐坐;跑起来很累;只是您别生我的气,卡加,因为我非常爱您。"

"那我可要一个人去玩了。"卡加一字一顿地低声说，似乎很惊奇地发觉她确实没有什么过错。

"好吧，再见，我不生您的气。"

"再见。"我回答说，欠身把手伸给她。

"也许，您愿意让我吻您吧？"她沉思了一下问，大概是想起了不久以前我们的那次纠纷，此刻想尽可能使我愉快些，好快点和好。

"随便您吧。"我怀着胆怯的希望回答说。

她走到我跟前，一笑也不笑，十分严肃地吻吻我。为了完全满足别人要她来找的我这个可怜的姑娘，她做完了一切要求她做的事，甚至做得比应该做的还要多，这样，她就心满意足，高高兴兴地跑开了，她的笑声、叫声很快又传遍了所有的房间，直到累得喘不过气来，倒在沙发上休息，重新恢复了力量的时候为止。整个黄昏她猜疑地望着我：大概，在她看来，我是一个非常稀奇古怪的人。可以看出，她想同我谈什么，消除对我的某种疑惑；但是这一次，不知道为什么，她克制住自己。通常每天早晨是卡加上课的时间。列奥达太太教她法文。全部课程是复习语法，读拉佛金的作品。她学的并不多，因为好不容易才使她同意了一天上两小时的课。而且,对于这一条,还是由于父亲的要求、母亲的命令才接受,并且很勉强地执行的,因为自己提出过保证。她很聪明;她领会得非常快。但同时她还有一些小小的怪脾气:倘若她对一件事不明白,她就马上加以思索,她不愿意去请教别人——她仿佛觉得这是件丢人的事。据说,有时她整整几天拼命在想着一个解决不了的问题,而且因为没有别人的帮助自己就不能解决它,还对自己生气,直到最后,实在精疲力竭了,才去请求列奥达太太来帮忙解决自己解决不了的问题。在她的每个举动中都是这样的。她也想许多事,虽然乍看起来显得完全不是这样。但同时她又显得同年龄不相称的天真:有时她能问出非常愚蠢的话;有时在她的答话里又显得特别有远见、微妙而且机智。

最后,因为我也可以上点儿课了,列奥达太太对我的知识进行了测验,发现我书读得很好,可是字写得太坏,认为必须立刻教我法文。

我没有反对,于是一天早晨我和卡加一起坐在课桌旁。恰巧,这次卡加,好像故意似的,显得特别笨而且非常不用心,列奥达太太简直不知道她是怎么了。可是我几乎在一堂课的时间里就认完了全部法文字母,想以自己的用功来尽可能博得列奥达太太的欢心。快下课的时候,列奥达太太对卡加真正发脾气了。

"瞧她,"她指着我说,"一个生病的孩子,第一次上课,就比您多做了九倍的功课,您不害臊吗?"

"她比我学的多?"卡加非常惊讶地问,"可她还在学字母哩!"

"可是您用了多少时间学会字母的?"

"三堂课。"

"而她只用了一堂课。所以她比您学得快两倍,很快就会赶过您。是不是这样?"

卡加想了一会儿,突然脸红得像火一样,她相信列奥达太太的指责是公正的。脸红,羞得发烧——这几乎是她每次受到挫折时的头一个表现,不知道是因为被人家揭露了她的顽皮而感到羞愧呢,还是因为骄傲——总而言之,反正总是这样。

这次她眼睛里的泪水几乎要流出来了,然而她却沉默着,只是望着我,好像要用目光烧掉我。我立刻猜到是怎么回事了。可怜的人儿骄傲自尊到极点。当我们离开列奥达太太的时候,我想同她说话,尽快消除她的烦恼,告诉她,她受法兰西女人的责备,这完全不能怪我,但是卡加却没有回答,好像没有听到我说的话。

过了一个钟头她走进了房间,这时我正在看书,然而我心里却在想着卡加,我担心而且害怕她又要不同我说话了。她皱着眉头望望我,像往常一样,坐到沙发上,有半个钟头,眼睛没有离开我。最后,我忍耐不住了,向她询问地望了一眼。

"您会跳舞吗?"卡加问。

"不会,我不会跳。"

"我会跳。"

接着是沉默。

"您会弹钢琴吗?"

"也不会。"

"我会。这很难学。"

我没有作声。

"列奥达太太说您比我聪明。"

"列奥达太太对您生气了。"我回答说。

"那是不是爸爸也会生气呢?"

"不知道。"我回答说。

又是沉默;郡主用自己的一只脚不耐烦地跺着地板。

"那么您会因为您比我学得快而笑我了?"她实在苦闷极了,终于问道。

"噢,不,不!"我叫着,从椅子上跳起来,想跑过去拥抱她。

"您不觉得这么想、这么问是可耻的吗,郡主?"突然传来列奥达太太的声音,她已经注意了我们五分钟,听到了我们的谈话。"可耻!您嫉妒起一个穷孩子来了,还向她夸耀您会跳舞,会弹钢琴。真是可耻;我要把这一切禀告公爵。"

郡主的双颊烧红了,像晚霞。

"这是一种可耻的感情。您的问话侮辱了她。她的父母是穷人,不能给她请老师;她是自己学会看书的,因为她有一颗美好的、善良的心。您本来应该爱她,可是您却同她吵架。可耻,真可耻!要知道,她,是个孤儿。她什么亲人也没有。当然您还可以向她夸耀您是个郡主哩,而她不是。我要让您一个人待着。好好想想我对您说的话,纠正自己的错误。"

郡主想了整整两天!在这两天中听不到她的笑声和叫声。我夜里醒来,听到,她甚至在梦中还同列奥达太太继续争辩着。在这两天她甚至瘦了些,她那明亮可爱的小脸蛋上的红晕没有那样鲜艳了。在第三天,我们俩毕竟在楼下的大房间里相遇了。郡主是从妈妈房间出来的,但是,看到我,她停下来,坐到我对面不远的地方。我恐惧地等待着将要发生的事,全身都发抖了。

"涅朵奇卡,为什么我老是为了您挨骂呢?"她终于问。

"这不是为了我,亲爱的卡加。"我急忙替自己辩解说。

"可是列奥达太太说,我侮辱了您。"

"不,亲爱的卡加,不,您没有侮辱我。"

郡主耸了一下肩,表示莫名其妙。

"那您为什么老是哭呢?"她沉默了一下问道。

"我以后不哭了,如果您愿意。"我含泪回答说。

她又耸耸肩头。

"您以前也老是哭吗?"

我没有回答。

"您为什么住在我们家里?"郡主沉默了一下,突然问。

我吃惊地望望她,仿佛有什么东西刺着了我的心。

"因为我是孤儿。"我终于鼓起了勇气,回答说。

"您有过爸爸妈妈吗?"

"有过的。"

"是不是他们不爱您?"

"不……爱我。"我吃力地回答说。

"他们是穷人吗?"

"是的。"

"很穷吗?"

"是的。"

"他们什么也没有教过您吗?"

"教会我识字。"

"您有玩具吗?"

"没有。"

"有糖果点心吗?"

"没有。"

"你们有几间房子?"

"一间。"

"一间房子?"

"一间。"

"有仆人吗?"

"没有,没有仆人。"

"那么谁替你们干活呢?"

"我自己去买东西。"

郡主的质问愈来愈使我伤心。往事的回忆,我的孤独,郡主的惊讶——这一切使我那颗破碎的心感到害怕而且痛苦。我激动得浑身发抖,哽咽得喘不过气来。

"所以您很乐意住在我们家?"我没有作声。

"您有好衣裳吗?"

"没有。"

"破烂衣裳?"

"是的。"

"我看见过您的衣裳,有人拿给我看过。"

"那您为什么还问我?"我说,一种我自己也莫名其妙的生疏感觉使我浑身发抖,我从座位上站起来。"为什么您还问我?"我接着说,由于愤怒,我的脸红了,"为什么您要嘲笑我?"

郡主的脸突然红了,她也从座位上站起来,但是刹那间,她克制住自己的激动。

"不……我不是嘲笑您,"她回答说,"我只是想知道,您的爸爸和妈妈是不是真穷?"

"您为什么要问我爸爸妈妈的事?"我说,痛心地哭起来,"您为什么要问他们?他们有什么对不住您,卡加?"

卡加狼狈地站着,不知道该回答什么好。这时公爵走进来。

"你怎么啦,涅朵奇卡?"他问,望了我一下,看到我眼里有泪水。"你怎么啦?"他又问,望了一下卡加，她的脸红得像火似的，"你们在谈什么？为什么吵嘴？涅朵奇卡，你们为什么吵嘴？"

但是我回答不出。我抓住公爵的一只手，满含泪水地吻着。

"卡加，不许撒谎。刚才是怎么回事？"

卡加不会撒谎。

"我说，我看到了她同她的爸爸妈妈住在一起时穿的破衣裳。"

"是谁给你看的？谁这样胆大？"

"我自己看到的。"卡加果断地回答说。

"好吧！我知道你是不会说出旁人来的。那么以后怎样了？"

"以后她就哭了，说：为什么我嘲笑她的爸爸和妈妈。"

"那你一定是嘲笑了他们？"

尽管卡加并没有嘲笑他们，但是，可以看出，她是有这种企图的，我最初是这样了解的。她什么话也没有回答；可见，她也承认这个过错了。

"马上到她跟前，向她道歉。"公爵指着我说。

郡主站着,脸苍白得像白布,一动也不动。

"怎么样?"公爵说。

"我不去!"卡加终于带着十分坚决的表情低声说。

"卡加!"

"不,不去,不去!"她突然叫起来,眼睛闪闪发光,跺着脚,"爸爸,我不去道歉。我不喜欢她。我不要同她住在一起……这不是我的错,她老是哭。我不去,不去!"

"跟我走,"公爵说,抓住她的手,拉她到自己书房里去,"涅朵奇卡,上楼去。"

我想扑到公爵身边,替卡加求情,可是公爵却严厉地重申自己的命令,我上了楼,浑身吓得僵冷。我走到我们的房间,倒在沙发上,用手捂住脸。我计算着每一分钟,心急地等着卡加,想扑倒在她脚边。她终于回来了,在我身旁走过,然而却没有对我说一句话,她坐到角落里。她的眼睛发红,两颊哭肿了。我的决心完全打消了。我恐惧地望着她,怕得一动也不能动。

我拼命责备自己,想尽办法来证明,这一切都怪我。千百次我想走到卡加跟前,然而却又千百次停下来,我不知道她会怎样对待我。这样过了一天,又一天。在第二天黄昏,卡加变得愉快些了,她在房间里滚起自己的铁环来。但不久就丢下自己的游戏,一个人坐到角落里。睡觉前,她突然转向我,甚至还向我这边走了两步,她的小嘴张开来,想对我说什么,可是又忍住,走回去,躺到床上。在这天之后又过了一天,列奥达太太吃惊了,终于问起卡加来!她怎么啦?她是不是病了?为什么突然沉默了?卡加回答了些什么,之后就踢起毽子来,但是等列奥达太太一走,她涨红了脸而且哭起来。她跑出房间,不愿意让我看到她。最后,一切终于得到了解决:这恰好是在我们争吵后三天,吃过午饭,她突然走进我在的房间,羞怯地走到我跟前。

"爸爸叫我来向您道歉,"她说,"您饶恕我吗?"

我很快抓住卡加的双手,激动得喘不上气来,说道:"是的,是的!"

"爸爸叫我们接吻,您吻我吗?"

我的回答是吻她的双手,眼泪洒在她手上。我向卡加望了一眼,看到她脸上有着一种异样的表情。她轻轻咧着嘴,下巴颤抖着,眼睛有些湿润,但她很快克制住自己的激动,刹那间嘴边闪过一丝微笑。

"我去告诉爸爸,说我吻了您,而且向您道过歉。"她低声说,仿佛在自言自语,"我已经三天没有见到他了;不向您道歉,他不准我进他的房间。"她沉默了一下接着说。说完这些话以后,她沉默而又胆怯地走下楼,好像还不相信父亲会接待她。

但是过了一个小时,叫声、闹声、笑声和佛尔斯达福的吠声传到楼上来,有什么东西被弄翻,打碎了,几本书掉到地板上,铁环响起来,沿着每个房间滚动着——总而言之,我知道卡加和父亲讲和了,我的心高兴得发抖。

但她没有到我这儿来,显然在逃避同我说话。然而我却很高兴我引起了她很大的好奇心。为了更方便地观察我,她坐到我对面的次数愈来愈多了。她对我的观察表现得很天真;总之,这个被全家人娇惯而且疼爱得像宝贝似的任性的女孩子,不能理解,为什么在她完全不想看见我的时候，我却老是和她碰到面。但这是一颗美好的心，它永远只要凭着本能就能替自己找到一条善良的道路。最对她有影响的是父亲，她非常爱他。母亲发狂似的爱着她，然而对她十分严格，卡加从她的性格里学到了固执、骄傲和倔强，但是却得忍受母亲的一切怪癖，这些怪癖甚至发展成一种精神上的暴虐。公爵夫人对教育仿佛有种特别的理解，因此对卡加的教育也是放纵和严厉的古怪的结合。昨天允许的事，今天，没有丝毫理由，就突然禁止了，孩子的正当的感情受到了挫伤……但是关于这种事今后还会谈到的……这里我只想指出，孩子已经会确定自己对父母的态度了。她对待父亲是完全直率、坦白、毫无隐瞒。对待母亲却完全不是这样——隐蔽、不信任、绝对服从。但是她的这种服从却不是出自真心，出自信任，而是按照必需的规矩。这点我以后再说，不过，我要说，我的卡加特别值得尊敬的是她毕竟了解自己的母亲，当她顺从母亲时，完全是因为体会到她那全部的无止境的爱，这种爱有时竟达到一种病态的疯狂——郡主宽厚地考虑到这一层。可惜,到后来这个考虑对她那热情的头脑也不起作用了!

可是我简直不明白我发生了什么事。我的全身被一种莫名其妙的新的感觉激动着,倘若说,我是在为新的爱感到痛苦和烦恼,这丝毫也不夸张。简单地说——请原谅我说这句话——我爱上了我的卡加。是的,这是爱,是真正的爱,是有着眼泪和欢乐的爱,是一种热恋。是什么使我爱她的呢?为什么会产生这样的爱呢?这种爱还在我最初看到她时就发生了,那时我的全部感觉被她那副美丽得像天使似的小孩子面孔陶醉了。她的一切都是美好的;她的任何一个缺点都不是天生的——而是从外面强加到她身上,并且处在争斗的状态中。处处可以看出一个美好的开端,这个开端暂时采取了虚假的形式,但从这个争斗算起,直到她的一切,都充满了快乐的希望,一切都预示着美好的未来。所有的人都在赞赏她,都在爱她,不是我一个人。有时,有人带我们出去散步两三个小时,所有过路的人都吃惊地停下来,而且只要向她看上一眼,往往就会在这幸福的孩子后面发出惊讶的赞叹声。她是为幸福而生的，她应该为幸福而生——这是我见到她的时候的头一个印象。或者，在我的心中第一次激发起一种美感，一种优雅的感觉，这种感觉最初是被她的美貌唤醒的——也许这就是我的爱产生的全部缘由。

郡主的主要毛病，或者，更确切地说，她性格中的重要因素就是骄傲。这种骄傲不可遏制地尽量以其毫不掩饰的形式表现出来，而且，当然，还处于放任和斗争的状态中。这种骄傲达到一种幼稚可笑的程度，使她非常自尊，例如，无论怎样不顺心的事，都不会使她伤心、生气，只会使她惊奇。她不能理解，有什么事情会和她所想的相反。但是正义感在她的心中却永远占着上风。倘若她深信自己错了，那她会立刻毫不抱怨地坚决服从裁判。如果说直到现在她在和我的关系中背叛了自己的诺言，那么我应当说，这一切是因为对我的一种不可理解的厌恶，暂时搅乱了她那整个谐和而协调的心灵；这是必然的：她太相信自己的见解了，往往只有事实、经验才能够把她引到正路上来。她想要做的一切，效果本来都应该是很好的，而且符合愿望的，可是不断的偏差和谬误竟使她适得其反。

卡加很快满足了她对我的观察，最后让我安静了。她装得好像我不存在于这个家里一样；对我不说一句多余的话，甚至必须说的话也不说；我不再被邀去一同玩了，这并不显得勉强，相反，这非常巧妙，好像我自己也同意这样似的。功课照常进行着，倘若老师再要在她面前夸奖我聪明而且安静，那么我已经没有刺伤她的自尊心的那种荣幸了，她简直自尊到过敏的程度，连我们的叭喇狗，约翰·佛尔斯达福先生都会使她生气。佛尔斯达福是条安静沉着的狗，但要是惹到它，它会像老虎一样凶，连主人也不认。还有一个特点：它谁也不喜欢；但它天生最仇恨的敌人，无疑，却是老郡主……但这以后再谈。自尊的卡加想尽一切方法要制服这个无礼的佛尔斯达福；使她最不痛快的是，连家里仅有的一条狗，唯一的一条狗，也不承认她的权威和她的力量，不向她屈服，并且不爱她。郡主决定向佛尔斯达福进攻。她想要支配和统治一切；佛尔斯达福究竟怎样才能逃避这种不幸呢？

但倔强的叭喇狗并没有屈服。

一次,午饭后,我们俩坐在楼下的大客厅里,叭喇狗躺在房子中间,在懒洋洋地享受着午休的滋味。就在这时,郡主忽然想到要去征服它。她丢开自己的游戏,温存地用各种亲昵的称呼唤着佛尔斯达福,殷勤地对它招着手,踮着脚小心地向它走去。但佛尔斯达福老远就龇出可怕的牙齿;郡主停下来。她的全部心愿,就是走到佛尔斯达福跟前,摸摸它,然而这却是它除了对公爵夫人以外,对任何人都绝对不允许的,它是公爵夫人最心爱的狗。要摸它,并且叫它跟着走,这是一个令人担心的冒着很大危险的勇敢举动,因为,如果佛尔斯达福认为有必要的话,就会毫不困难地咬断她的手膀,或者把她撕碎。它像熊一样强壮。我恐惧不安地从远处注视着卡加的恶作剧。但是一下子是不容易说服她的,就连佛尔斯达福毫不客气地龇着牙齿,也不足以说服她。郡主相信,接近佛尔斯达福是不可能的了,她在困惑中绕着她的敌人走了一圈。佛尔斯达福一动也没有动。卡加又绕了一圈,这回圆圈的直径显然缩小了许多,随后绕了第三圈，但是，当她走到佛尔斯达福认为不可越过的界线的地方，它又龇出了牙齿。郡主跺了一下脚，懊恼地迟疑地走开去，坐到沙发上。

约莫过了十分钟，她想出一个新的引诱的办法，她立刻走出房间，回来时带着"8"字形小甜面包和馅饼——总而言之，她改变了办法。但是佛尔斯达福很冷淡，因为它大概吃得很饱，对给它扔过去的一块小面包连望都不望一眼；可是郡主重新出现在那不可逾越的界线附近的时候（佛尔斯达福认为这是自己的边界），她遇到了比第一次更强烈的抗议。佛尔斯达福抬起头，龇着牙，微微转动了一下身子，做了一个轻盈的动作，好像准备一下子冲过来。郡主脸气得通红，扔下了馅饼，重又坐下来。

她坐着，非常激动。她的脚跺着地毯，两颊像晚霞似的发红，眼睛里甚至还流出懊丧的泪。

她这时偶然望了我一眼——全身的血都涌上她的头。她毅然决然从座位上跳起来，用最坚定的步伐一直走向可怕的狗。

也许，这次佛尔斯达福实在太惊讶了。它让敌人越过了界线，已经只差两步了，它才凶狠地迎着冒失的卡加叫起来。卡加停了一下，但只是一刹那，然后又坚决地向前走。我吓呆了。郡主十分兴奋，我还从来没有看到过她这样；她的眼睛显出扬扬得意的胜利神情。照着她这种表情，真可以画出一幅绝妙的图画。她勇敢地承受了疯狂的叭喇狗那威严的目光，对着它那吓人的大嘴并没有哆嗦一下；它欠起身。可怕的叫声从它那毛蓬蓬的胸膛里发出来，再过一分钟，它会把她撕得粉碎的。但是郡主骄傲地把小手放到它身上，得意地在它背上摸了三下。刹那间叭喇狗显得犹豫起来。这一刹那十分可怕；但是它突然吃力地站起来，伸伸腰，并且大概是在想，不值得同小娃娃纠缠，于是非常安静地走出了房间。郡主胜利地站在她所占领的地方，并且向我投来说不出的因为胜利而感到满足和狂喜的眼光。而我的脸苍白得像白布；她看出来了，微笑了一下。但是她的双颊已经蒙上一层死灰色。她艰难地走到沙发跟前，几乎昏倒在沙发上。

但是我对她的爱已经无法控制了。从替她担惊受怕的这天起，我已经不能控制自己。我苦闷极了，千百次想跑去拥抱她,然而恐惧却使我一动也不能动。记得,我竭力躲避她,不愿让她看到我的激动,但是每当她无意中走进我躲藏的那个房间,我就颤抖起来,我的心跳得很厉害,头都发昏了。我觉得,我的冤家看出了这个,约莫有两天光景,她处在惶惑不安中。但是很快地就习惯了这种事情。这样过了整整一个月,整整一个月我暗自痛苦着。我的感情有一种无法解释的弹性,如果可以这样说的话,我非常能忍耐,所以感情只是在万不得已的时候,才会发作和突然显露。应当知道,在这全部时间里,我同卡加最多没有说过五句话;但是渐渐地,根据一些几乎看不出的迹象,我发觉到,这一切在她并不是因为疏忽,因为对我漠不关心,而是因为某种有意的逃避,似乎她下定决心要同我保持相当距离。但是我已经在夜里睡不着觉,白天连在列奥达太太面前也不能掩饰自己的窘态了。我对卡加的爱甚至达到一种奇怪的程度。有一次我悄悄拿了她一条手帕,另一次拿了她扎辫子的绦带,好几个夜里我痛哭流涕地吻着它们。起初我因为卡加的冷淡伤透了心;但是现在我完全发昏了,我自己也不能说出自己的心情。这样，新的印象渐渐排除了旧的印象，对我那往事的痛苦的回忆，失掉了使我难受的力量，它们在我心里被新的现实代替了。

记得，有时我夜里醒来，下床，踮着脚走到郡主跟前。在黑夜的微弱灯光下，我整整几小时望着睡去的卡加；有时坐到她的床头，弯身对着她的脸，热气吹到我的脸上。我惊慌得浑身发抖，轻轻吻着她的手、肩膀、头发和脚，如果脚伸在被窝外面。渐渐地我发现——因为我的眼睛已经整整一个月没有离开过她了——卡加变得一天比一天沉默；她的心情不再那样平静：有时整天听不到她的声音，有时却突然发出空前未有的喧嚷。她变得易怒而且苛求，脸红和生气的次数也愈来愈多了，她甚至对我做出些十分残酷的行为：有时突然不愿意在我旁边吃饭，不愿意靠近我坐，好像对我感到特别厌恶；有时忽然走进母亲的房间，成天坐在那里，也许因为她知道，看不见她我会苦闷得憔悴的；有时又突然整整几小时望着我，我窘得真不知道该往哪儿躲，我的脸红一阵又白一阵，然而却不敢走出房间去。卡加已经说过两次，觉得自己发烧了,虽然事先谁也想不到她会生病。最后,忽然在一天早晨传下一个特别的命令:照着郡主坚决的要求,把她搬到楼下妈妈那儿去住,当卡加说感到自己发烧时,她的妈妈几乎吓坏了。应当说,公爵夫人是非常不满意我的,她把她从卡加身上发现的全部变化都归咎于我,归咎于我那忧郁的性格对她的女儿所发生的影响,她是这样说的。不然她老早就把我们分开了,可是却延迟下来,因为她知道,那会惹起同公爵的一番严重争执,公爵虽然在各方面都让她,但是有时却非常执拗而且顽固。她完全了解他的脾气。

郡主搬房间使我很吃惊,整整一个礼拜我处在非常痛苦和紧张的状态中。我苦闷得要命,用尽心思,思索着卡加对我反感的原因。忧郁在撕裂着我的心,愤恨不平的感情在我那被伤害的心里开始起来反抗。我心里突然产生了一种骄傲,每当带我和卡加出去散步,我们相见的时候,我已经不像以前那样,而是十分矜持、十分严肃地望着她,这甚至使她吃惊了。不用说,我的这种变化不过是一种冲动,随后我的心又痛得更厉害起来，我变得比以前越发软弱，越发沮丧。后来，在一天早晨，郡主又搬回到楼上来，这使我非常不解而且高兴得不能自持。起初她发狂似的笑着跑过去搂住列奥达太太的脖子，并且说，她又回到我们这儿来住了，随后还向我点了一下头，她请求当天早晨不上什么课，整个早晨她蹦蹦跳跳的。我从来没有见过她这样活泼愉快。但黄昏时她变得安静而且沉思起来，不知道是什么忧愁重新笼罩住她那可爱的脸。傍晚，公爵夫人来看她的时候，我看出来，卡加竭力装出愉快的样子。但是，母亲一走，留下她一个人的时候，她突然流起眼泪来。我非常惊讶。郡主看到我在注意她，就走出房间去。总而言之，料想不到的一场大病正在迫近她。公爵夫人征询了医生们的意见，而且每天叫列奥达太太汇报卡加的每个生活细节；吩咐注意她的一举一动。只有我一个人推测到事情的真实原因，我的心因为充满希望而猛烈地跳动。

总之，这个小故事终于结束了。在卡加回到我们楼上来以后的第三天，我发现，她整个早晨都在用那双美丽可爱的眼睛久久地注视着我……我好几次碰到她的目光，而每次我们俩的脸都红了，而且垂下头，好像我们彼此都在感到害羞。最后，郡主笑起来，离开我跑了。三点钟了，给我们穿衣服出去散步了。突然卡加走到我身边。

"您的鞋带松开了，"她对我说，"我来给您扎好。"

我弯下身，脸红得像樱桃，因为卡加终于同我说话了。

"来！"她忍不住说，并且笑起来。立刻弯下身，硬拿起我的脚，把它放在自己膝盖上，扎起鞋带来。我透不过气来了，一种快乐的惊慌竟使我手脚无措。她扎好鞋带，站起来，从脚到头打量着我。

"瞧，脖子也露出来了，"她说，用一个指头触了一下我那露出来的颈项，"让我来扎好吧。"

我没有反对。她解开我的围巾，照她的样式替我扎好。

"要不，会咳嗽的。"她说，俏皮地微微一笑，她那湿润的黑眼睛向我眨了一下。

我忘乎所以了。我不知道，我怎么啦，卡加怎么啦。但是,谢天谢地,我们的散步很快就结束了,否则我会忍不住,就在街上跑过去吻她的。但是,上楼梯时,我还是偷偷吻了吻她的肩头。她觉得了,哆嗦了一下,可是却没有说一句话。黄昏时,她被打扮起来,带下楼去。公爵夫人那里来了客。但是,这天晚上家里发生了可怕的慌乱。

卡加突然发起神经来。公爵夫人简直害怕得不得了。医生来了,可是不知道说什么好。当然,所有的人都推测到这是一种小儿病,是由于卡加的年龄的关系,但是我不是这样想。第二天清早,卡加来到我们这里,她像往常一样,脸红红的,心情愉快,精神旺盛,但是却显得从来没有过的那样古怪和顽皮。

起初,她整个早晨不听列奥达太太的话。随后她忽然想起要到老郡主那里去。通常老太婆是容不得自己的侄孙女的,她和她总是搞不好,不愿意见到她,可是这次,不知怎么的,她却准许接见她了。开始一切都很顺利,头一个钟头她们谈得很投机。顽皮的卡加请求她饶恕自己的全部过失,饶恕自己的顽皮、吵闹,饶恕她没有让老郡主安静。老郡主庄重地含着眼泪宽恕了她。其实顽皮鬼却是打定了更淘气的主意。她异想天开，要把那些仅仅是打算和计划过的恶作剧都说出来。卡加装成一个虔诚、持斋、完全忏悔的人；总而言之，假仁假义的老郡主非常高兴，当前对卡加——全家所宠爱的宝贝的胜利，使她的自尊心得到了满足，因为卡加甚至能逼着自己的母亲来执行自己的愿望。

于是淘气鬼坦白：首先，她曾经想在老郡主的衣裳上贴一张名片，然后把佛尔斯达福藏到她床下；然后弄坏她的眼镜，拿走她全部的书籍，换上妈妈的法国小说；然后弄些鞭炮来，甩在地板上；然后在她衣袋里藏上一副纸牌，以及诸如此类的事。总之，这些恶作剧一个坏似一个。老太婆气极了，恨得脸一会儿白，一会儿红；最后，卡加忍不住，哈哈大笑起来，跑开了。老太太立刻差人把公爵夫人找去。一场风波开始了，公爵夫人含泪恳求了两个钟头，希望姑母饶恕卡加，答应不要处罚卡加，要照顾到，她在害病。老郡主起初不听；她声明，明天就要离开家，直到公爵夫人保证，等女儿病好以后，一定给以处罚来满足老郡主那正当的义愤,这才缓和下来。但是卡加受到了严厉的申斥。她被带到楼下公爵夫人那里。

但是淘气鬼在午饭后终于逃出来。我下楼时,碰到她已经站在楼梯口。她把门打开了一点,招呼着佛尔斯达福。我立刻猜到,她打算狠狠地报复了。事情就是这样。

佛尔斯达福最仇恨的敌人就是老郡主。它对谁都不表示亲善,也不爱任何人,骄傲自负而且自高自大到极点。它不喜欢任何人,可是,看来,却要大家都尊重它。所有的人也都尊重它,然而在这种尊重里却夹杂了相当的害怕。但是,突然,老郡主一来,一切都变了:佛尔斯达福受到莫大的委屈——公开禁止它上楼。

起初佛尔斯达福因为这种侮辱简直愤怒极了,整整一个礼拜,它用脚爪搔着楼下房间那个通向楼梯的门;但是很快它就猜到了不让它上楼的原因,因此就在头一个礼拜天,老郡主上教堂去的时候,佛尔斯达福尖叫着向可怜的女人扑过去。她好不容易才被大家从受了委屈的狗那凶恶的报复中抢救出来,因为它被赶出来是根据老郡主的命令,她声称,她见不得它。自从那次以后,佛尔斯达福被更严格地禁止上楼了,而且每当老郡主下楼来的时候,它就被带到最远的一个房间里去。仆人们都十分经心。可是爱报复的动物还是找到办法,闯上楼去两三次。它只要一上楼,马上就跑到门对门的一排过道间,来到老太婆的卧室前。什么东西也不能挡住它。好在,老太婆的房门总是闩着的,所以佛尔斯达福在人们跑来把它赶下楼以前,也只能在门口可怕地惨叫着。在桀骜不驯的叭喇狗光顾的整个时间里,老郡主不断地叫着,仿佛狗已经在吃她,并且确实每次她都吓得生一场病。有好几次她向公爵夫人提出过自己的最后抗议,甚至达到这样一种地步,有一次失言,竟说出,或是她,或是佛尔斯达福,总有一个必须离开这个家;但是公爵夫人没有同意抛弃佛尔斯达福。

公爵夫人很少喜欢什么人,但是除了孩子们,她在世界上最爱的就是佛尔斯达福,下面我就来讲讲这是什么原因。六年前,有一天,公爵散步回家,随身带回一只外表非常可怜的污秽不堪的生病的小狗,然而它却是一只纯种的叭喇狗。不知怎样，公爵把它从死里拯救出来。但是因为这位新房客非常粗暴无礼，在公爵夫人的坚持下，它就被弄到后院，用绳子拴起来了。公爵没有抗辩。过了两年，全家在郊外避暑时，卡加的弟弟，小沙夏，掉进了涅瓦河。公爵夫人大叫一声，她的头一个举动就是跳下水救儿子。她好容易才从九死一生中被救出来。然而河水却很快把孩子冲走了，只有他的衣裳还露在水面上。人们赶忙解着小船的缆绳，但是沙夏却很奇妙地被救上来了。叭喇狗突然向掉在水里的孩子横扑过去，衔住他，很从容地浮到岸边。公爵夫人跑过去吻这只浑身是水的肮脏的狗。可是佛尔斯达福，当时它还用着一个最粗俗的缺乏风趣的名字，佛里克斯，却受不得任何人的亲热，对公爵夫人的拥抱和接吻，它的回敬是，狠狠地把她的肩膀咬了一口。公爵夫人一辈子都为这个伤疤苦恼着，然而她的感激却是无限的。佛尔斯达福被带到前院，刷洗得干干净净，还戴上很贵重的银项圈。它住进公爵夫人的书房，书房里还专门为它铺了一块出色的熊皮，很快公爵夫人可以抚摸它了，不必担心它会不客气地惩罚她。当她知道，她心爱的狗叫佛里克斯的时候，她甚至觉得吃惊，立刻替它寻找尽可能古雅一点的新名字。但是诸如盖克脱、蔡尔别尔一类的名字已经太庸俗了，需要起一个完全适合现在它那受宠爱的地位的名字。最后公爵考虑佛里克斯非常贪嘴，就建议叭喇狗叫佛尔斯达福。这个绰号被欣然采纳，而且这个名字就永远归叭喇狗所有了。佛尔斯达福的举动很稳重：活像一个英国人，沉默，郁郁寡欢，从来不主动向别人跑过去，然而却要求别人恭恭敬敬地绕过它那铺着熊皮的地方，并对它表示一般应有的尊敬。有时它仿佛突然患了急痫病，仿佛被忧郁症制服了，在这时佛尔斯达福便伤心地记起了，它的敌人，侵犯它的权利的不共戴天的敌人，还没有得到惩罚。于是它悄悄地走向楼梯，因为和往常一样，看到门总是关上的，便躺在离门不远的地方，躲在角落里，诡谲地等候着谁会由于疏忽而忘记关楼门的时刻。有时仇念深重的狗能一连等候三天。但是把守住门的命令却是严格的，所以已经两个月了，佛尔斯达福还没有上过一次楼。

"佛尔斯达福！佛尔斯达福！"郡主叫着，打开门，亲切地招呼着佛尔斯达福，要它上我们的楼上去。

这时佛尔斯达福发觉门开了，已经决意要跳过门槛。但是在它看来，郡主的召唤实在太不可能了，它一时竟完全不相信自己的耳朵。它狡猾得像一只猫，为了不让人看出它已经发觉门忘记关了，它走到窗前，把脚爪放到窗台上，开始瞧着对面的建筑物——总之，它装得好像完全不相干，出来闲逛，偶尔停下来，欣赏邻近房屋的美妙结构似的。然而它的心却在快乐的期待中跳动着，感到舒服。它是多么惊奇、快乐、高兴得发狂啊！门竟在它面前被打开了，而且，还有人叫着它，邀请它，恳求它上楼去，赶快实行自己的正义的报复！它高兴得尖叫一声，龇着牙，满怀信心凶猛得像飞箭般冲上了楼。它冲击的力量是那样大，摆在路上的一张椅子，被它飞跑时撞到，跳了一沙绳[1]高才落下来。佛尔斯达福飞奔着，

---

[1] 沙绳：俄罗斯传统长度单位，一沙绳约等于2.134米。

仿佛是从大炮里轰出来的炮弹。列奥达太太吓得大叫一声,但是佛尔斯达福已经飞跑到它朝思暮想的门前了,它用双爪扒着门,可是却弄不开,它拼命惨叫起来。紧跟着的是老处女可怕的号叫。但是这时已经从四面八方跑来许多敌人,全家的人都到楼上来了,佛尔斯达福,凶猛的佛尔斯达福,嘴上被巧妙地戴上笼口,四条腿也被缠起来,终于不光荣地退出了战场,被套索拉下楼来。

派人来找公爵夫人了。

这次公爵夫人不再打算宽容和赦免了;但是该惩罚谁呢?她一下子就猜到了,她的眼睛盯到卡加身上……果然:卡加脸色苍白,站着,吓得浑身发抖。可怜的她到现在才知道,自己顽皮产生了怎样的后果。嫌疑可能落到无罪的仆人们身上,卡加已经情愿说出事情的全部经过了。"是你闯的祸吗?"公爵夫人严厉地问。

我看到卡加惨白的脸,于是走向前,用坚定的声音说道:"是我不小心,把佛尔斯达福放……"我想接着说,但因为在公爵夫人威严的目光下,我完全失掉了勇气。

"列奥达太太,要好好处罚!"公爵夫人说后,走出房去。

我向卡加看了一眼:她呆呆地站着;她的双手垂在两边;发白的脸俯向地。

公爵家对孩子通用的唯一的惩罚办法,是关进空房间。在那里坐上一两个钟头——不过如此而已。但是一个孩子违反自己的意志被强迫地关进去,并且被宣布失去自由的时候,这种惩罚是很不寻常的。通常让卡加或是她的弟弟只坐两个钟头。可是却要我坐四个钟头,因为考虑到我的罪过简直太骇人了。我非常高兴地走进我的监牢。我想着郡主。我知道,我胜利了。但是我却不是坐了四个钟头,而是一直坐到第二天早上四点钟。事情是这样发生的。

把我关了两个钟头以后,列奥达太太听说,她的女儿从莫斯科来了,突然得了病,想要见她。列奥达太太忘记了我,去了。照顾我们的姑娘大概以为我已经出来了。卡加被叫到楼下去,她被迫在母亲那边一直坐到晚上十一点钟。回来时,她非常惊讶,我没有睡在床上。姑娘替她脱了衣服，安排她睡觉，可是郡主没有问起我，这是有她的原因的。她躺下来，等着我，大概知道我要被关四个钟头，所以她以为，我们的保姆会把我带回来的。但是娜斯佳也完全忘记了我，因为平常我总是自己脱衣服的。这样，我就只好在空房间里过夜了。

夜里四点钟，我听到有人打门和撞门。我随便躺在地板上就睡着了，醒来时，我害怕得叫起来，但是立刻我听出是卡加的声音，她的声音比谁都响亮，随后我听到列奥达太太的声音，受惊的娜斯佳的声音，以及女管家的声音。门终于打开了，列奥达太太眼睛里满含泪水，拥抱我，请求我宽恕她忘记我的过错。我也泪淋淋地扑过去搂住她的脖子。我冷得发抖，我浑身的骨头因为睡在光地板上而发痛。我用眼睛搜寻着卡加，但是她已经跑回我们的卧室，跳上了床，在我进去的时候，她已经躺下而且假装睡着了。从晚上起她就在等我，不料竟睡着了，一直睡到早上四点钟。她一醒，就大叫大嚷起来，唤醒了已经回来的列奥达太太、保姆以及所有的姑娘，然后把我放出来。

第二天早晨家里所有的人都知道了我的遭遇；就连公爵夫人也说，对我太严厉了。至于公爵，这是我有生以来看到他这样发怒。早晨十点钟，他十分激动地走上楼来。

"瞧，"他对列奥达太太说，"您做的好事！您怎么这样对待一个可怜的孩子？这是一种野蛮行为，纯粹是一种野蛮的行为，残酷的行为！一个体弱多病的孩子，一个这样好幻想而且胆小的小姑娘，一个幻想家，而竟让她在黑屋里待了一整夜！但这等于杀害她！难道您不知道她的身世吗？这是一种野蛮的行为，这是一种惨无人道的行为，我对您说，太太！怎么能够这样处罚人呢？谁想出来的？谁想出这样一种处罚人的办法？"

可怜的列奥达太太满含泪水，狼狈地对他解释事情的全部经过，她说，她的女儿来了，因此她忘记了我，然而就处罚本身来说，倘若不是坐得那么久的话，还是很好的办法，而且连让·若克·卢梭也曾经这么说过。

"让·若克·卢梭，太太！但是让·若克·卢梭不会说出这样的话。让·若克不是权威,让·若克·卢梭不配谈教育,他也没有权利说这样的事。让·若克·卢梭抛弃了亲生的孩子,太太!让·若克是个卑鄙的人,太太!"

"让·若克·卢梭!让·若克·卢梭是个卑鄙的人!公爵!公爵!您说的是什么话呀?"

列奥达太太忽然脸红了。

列奥达太太是个顶好的女人,第一她不爱抱怨;但是如果触犯了她所敬爱的人,惊扰了高乃依、拉辛这些古典作家的幽灵,侮辱了伏尔泰,把让·若克·卢梭说成卑鄙的人,说成野蛮的人——我的天啊,列奥达太太会流眼泪的;老太婆激动得浑身发抖了。

"您太放肆了,公爵!"她终于说,激动得控制不住自己。

公爵立刻醒悟过来,请求她原谅,接着他走到我面前,满含深情地吻吻我,替我画了十字,就走出房间去。

"可怜的公爵!"列奥达太太说,她也深受感动了。随后我们便坐下来上课。

可是上课时郡主非常不用心。要去吃午饭了,她走到我跟前,满脸通红,嘴边露着笑容,站到我的对面,抓住我的肩膀,好像有点害臊,匆忙地说:

"怎样?昨天替我坐够了吧?午饭后我们到客厅里去玩。"

有人在我们身旁走过,郡主立刻向我背过身去。

午饭后,黄昏时,我们俩手拉手地来到大客厅里。郡主非常激动,吃力地喘了口气。我感到从来没有过的幸福和快乐。

"想玩皮球吗?"她对我说,"站在这儿!"

她让我站在客厅的一个角落里,可是她不站到我的对面去向我抛球,却停在离我三步的地方,向我看了一眼,她的脸红了,躺倒在沙发上,用双手捂住脸。我向她走近一步;她以为我要走。

"别走,涅朵奇卡,和我待一会儿,"她说,"一会儿就会过去的。"

一会儿,她就从座位上跳起来,满脸通红,眼泪淋淋地跑过来搂住我的脖子。她的双颊湿了,嘴唇肿着，像小樱桃似的，一绺绺鬈发乱蓬蓬地披散着。她发狂似的吻着我，吻着我的脸、眼睛、嘴唇、脖子和双手，她歇斯底里地痛哭着；我紧紧贴着她，我们甜蜜而且快乐地拥抱着，像一对久别重逢的朋友和情人。卡加的心跳得非常厉害，我听到它的每次搏动。

但隔壁房间里传来了叫声。叫卡加到公爵夫人那里去。

"啊，涅朵奇卡！那么晚上见吧！夜里见！现在你上楼去！等着我。"最后她不出声地狠狠吻了我一下，就丢开我向娜斯佳的喊声那边跑去。我跑上楼，像重新获得生命的人一样，扑倒在沙发上，把头藏在沙发里，兴奋得号啕大哭。心猛烈地跳动着，好像要冲破胸腔。我不记得我是怎样活到晚上的。终于打了十一点钟，我躺下来睡觉。但郡主却到十二点钟才回来；她老远就对我微微一笑，可是却没有说一句话。娜斯佳开始替她脱衣服，好像故意慢腾腾的。

"快点，快点，娜斯佳！"卡加嘟哝着。

"您怎么啦，郡主，是跑上楼来的吧，您的心跳得这么厉害？……"娜斯佳问。

"哎，我的天，娜斯佳！你多烦人呀！快点，快点吧！"郡主烦恼地跺着地板。

"嘿，好一颗小心肝呀！"娜斯佳说，吻了吻郡主那只脱了鞋袜的脚。

最后，一切都弄完了，郡主躺下，娜斯佳走了。但是一眨眼工夫，卡加又从床上跳下来，跑到我面前。我大叫一声，欢迎她。

"睡到我床上去！"她说，把我从床上拉起来。过了一会儿，我已经躺在她的床上，我们拥抱着，贪婪地互相紧偎在一起。郡主狂吻着我。

"我还记得夜里你是怎样吻我的！"她说，脸红得好像罂粟花。

我哭了。

"涅朵奇卡！"卡加含泪低声说，"我的安琪儿，要知道我老早老早就爱上你了！你知道是从什么时候开始的吗？"

"从什么时候？"

"从爸爸叫我向你道歉的时候开始的，虽然你是在袒护自己的父亲，涅朵奇卡……我的亲——

爱——的孤儿!"她拉长声调说,重新飞来不断的狂吻。她又哭又笑。

"喂,卡加!"

"怎么啦?怎么啦?"

"为什么我们这么久……这么久……"我没有把话说完。我们拥抱住,有三分钟谁也没有作声。

"听着,关于我,你想了些什么?"郡主问。

"嘿,想得才多哩,卡加!什么都想,白天黑夜都在想。"

"而且梦里还说我呢,我听到了。"

"真的吗?"

"还哭过好多次。"

"瞧!那你为什么总是那么高傲呢?"

"我实在太蠢了,涅朵奇卡。我就是这样,有什么办法呢。我老是恨你。"

"为什么?"

"就因为我蠢嘛。起先恨你是因为你比我好;后来恨你是因为爸爸更喜欢你。可是爸爸是个好人,涅朵奇卡!是吗?"

"当然是!"想起了公爵,我流着泪回答。

"是个好人,"卡加严肃地说,"叫我拿他怎么办呢?他总是那样……喏,后来我就向你道歉了,我差点儿没有哭出来,我因此又生气了。"

"就是,就是,我也看出来你想哭。"

"得了,别说了,小傻瓜,你也一样好哭!"她用手捂住我的嘴,叱责我说。"听着,我非常想爱你,可是后来突然觉得恨你了,我是那样恨你,那样恨你……"

"究竟为什么呢?"

"我就是生你的气。我不知道为什么!可是后来我看到,你没有我就不能生活,于是我就想:那就让我来狠狠地折磨折磨她,这个讨厌的姑娘!"

"哎呀,卡加!"

"我的小心肝!"卡加说,吻着我的手,"这样,后来我就不想同你说话了,怎么也不想同你说话。你可记得我摸佛尔斯达福吗?"

"啊,你呀,胆直大!"

"其实我可害——怕——着——呢,"郡主拉长声调说，"你知道为什么我要走到它跟前？"

"为什么？"

"因为你看着我。当我看到，你在看……噢！随便怎么样吧，我还是走过去了。我把你吓坏了，是吗？你替我担心吧？"

"我实在替你担心极了！"

"我看得出来。可是我倒非常高兴，佛尔斯达福就那样走开了！上帝啊，它走了以后，我可吓坏了，真是个怪——物——呀！"

郡主歇斯底里地大笑起来；随后突然微微抬起她那发热的头，仔细望着我。泪水像一粒粒的小珍珠，在她那长长的睫毛上颤动着。

"真的，你究竟有什么值得我这样爱呢？瞧，苍白的脸，淡黄色的头发，又傻又好哭，蓝眼睛，我的小孤儿！！！"

接着卡加重新低下头不断地吻我。她的几滴泪珠掉在我脸颊上。她深深感动了。

"不是吗？我多么爱你呢，但我总是想——不，不，绝不告诉她！我多固执呵！我怕你什么呢！我在你面前有什么值得害臊的呢！不是吗？瞧我们现在多好！"

"卡加！我的心多么痛啊！"我说，高兴得完全发狂了，"我的心要碎了！"

"可是，涅朵奇卡！听我说……听我说，谁给你起涅朵奇卡这个名字的？"

"妈妈！"

"你以后会把妈妈的事完全告诉我吗？"

"完全告诉你！"我兴奋地回答。

"你把我的两块花边手帕放在哪儿？干吗拿走我的绦带？你真不害臊！要知道，这些事我全都晓得。"

我脸红了，笑得流出了眼泪。

"不对她讲，我想，要好好折磨折磨她，以后再说。可是有时又想：我根本不喜欢她，她使我受不了。但你却总是那样温柔，像我的一头小绵羊！真的，我是多么怕你把我当作傻瓜啊！你聪明，涅朵奇卡，你真的非常聪明吗？嗯？"

"你说的什么话呀，卡加！"我回答说，几乎要生气了。

"不，你是聪明的，"卡加严肃而果断地说，"这我知道。仅仅有一次，我早上起来，爱你简直爱到可怕的程度！那一夜我都在梦见你。我想，我去要求搬到妈妈那里去住。我不想爱她，不想爱她，可是第二天夜里，在我要睡着的时候，我想：假如她又像以往夜里那样跑过来呢，果然你又来了！嘿，我装得多好，像睡熟了的样子……唉，我们真都太不害羞了，涅朵奇卡！"

"可是为什么你总是不愿意爱我呢？"

"这……我能说出什么来呢！要知道我一直在爱你，一直在爱你！甚至后来我简直忍不住了，我想，总有一天我吻得叫你受不了，而且会拧死你的。给你一下，你这个小傻瓜！"

郡主拧了我一下。

"你还记得我替你扎鞋带吗？"

"记得。"

"记得；你很快活，对吧？我看着你：真是一个可爱的姑娘，我想：让我来替她把鞋子扎好，看她会怎么样！而且这样我自己也很快乐。说老实话，我确实也想吻你……可是我没有吻你。之后我觉得很滑稽，很可笑！一路散步，有时我突然想大笑。我不能够看你，我觉得真好笑。而且要知道，你替我坐牢，我是多么高兴啊。"

我们把那个空房间叫作"牢房"。

"那么你害怕吗？"

"何止害怕。"

"是啊，我所以快活，还不仅仅是因为你认了错，而且因为你替我坐牢！我想：她现在一定在哭，可是我是多么爱她呀！明天我要狠狠地吻她，狠狠地吻她！然而，不是吗？我却一点儿也不可怜你，一点儿也不可怜你，虽然我哭了。"

"可是我没有哭，我还特别高兴呢！"

"没有哭？啊呀，你真狠心！"郡主叫道，用嘴唇吸住我身上的肉，"卡加，卡加！我的天，你真太好了！"

"不是吗？那么现在随便你拿我怎么样吧！骂我，拧我！请你拧我吧！我的亲爱的，拧吧！"

"顽皮鬼！"

"好，还有呢？"

"小傻瓜！"

"还有呢？"

"还有就是吻我。"

于是我们互相吻着，哭着，大笑着；我们的嘴唇颤抖着。

"涅朵奇卡！第一，你以后要永远到我床上来睡觉。做你喜欢做的事情。其次，我不愿意你总是那样烦闷。为什么你要这样烦闷呢？你告诉我吗？嗯？"

"什么都告诉你；可是现在我不烦闷了，很快乐！"

"不，瞧，你要有像我这样红红的脸蛋就好了！哦，要是明天能快点过去，那多好呀！你想睡觉吗？涅朵奇卡？"

"不想。"

"那我们就谈下去吧。"

我们又谈了两个多钟头。天晓得我们还有什么事没有谈到的。首先，郡主谈了她未来的计划和家里的一些情况。我从这里知道了，她最爱爸爸，几乎超过了爱我。随后我们俩判断,列奥达太太是个很好的女人,她一点也不凶。接着我们马上又想出明天后天干些什么,总之,我们筹划了大概有二十年的生活。卡加想出,我们将这样来生活:一天她来指挥我,我去执行命令,而另一天——我来指挥她,她绝对服从;然后我们俩再平等地互相指挥着;这时有谁故意不听话,于是我们又吵架,这样做是为了让人们看,然后又想法尽快地和好。总而言之,无限的幸福在等待着我们。最后,我们说得累了,我的眼睛闭起来。卡加嘲笑我,说我是瞌睡虫,可是她却比我先睡着了。第二天清早我们突然惊醒过来,匆忙地吻了吻,我就跑到自己床前,因为有人走进我们房间里来了。

一整天我们高兴得不知道该互相怎么好。我们总是躲着别人,非常害怕别人看见。后来,我就开始对她叙述自己的经历。卡加被我的叙述感动得流泪。

"你真可恶,真可恶!为什么早先不把这些事对我说呢?那我会非常爱你!街上的孩子打得你痛吗?"

"可痛啦。我怕他们怕得要命!"

"哼，真可恨！你知道吗，涅朵奇卡，我亲眼看到过一个男孩在街上打另一个男孩。明天我要悄悄带上那根打佛尔斯达福的鞭子，要是这种人叫我碰上，我要狠狠地揍他，狠狠地揍他！"她的眼睛闪出愤怒的火光。

我们怕有人走进来。怕别人看到我们接吻。可是这天我们至少吻过一百次。这天就这样过去了，又这样过了一天。我真怕会高兴得死掉，我幸福得透不过气来。可是我们的幸福并不长久。

列奥达太太必须向公爵夫人禀告郡主的一举一动。她观察了我们整整三天，在这三天里她收集到许多要说的话。她去找公爵夫人，向她说明她所觉察到的一切——说我们俩处在一种疯狂状态中，已经整整三天彼此难舍难分了，不断地接吻，痛哭，狂笑，像疯了似的，谈个不歇，但这是从前没有过的。还说，她不知道该怎样来解释所有这一切，但她似乎觉得，郡主处于某种病的危机中，末了，她还说，我们顶好少见些面。

"我老早就这么想了，"公爵夫人回答说，"我就知道,这个古怪的孤儿会给我们惹出许多麻烦的。我所听到的有关她和她经历的那些事情——简直可怕!她显然影响了卡加。您说,卡加非常爱她?"

"爱得发狂哩。"

公爵夫人气得涨红了脸。她已经因为自己的女儿而嫉妒起我来。

"这是不正常的,"她说,"从前她们彼此那样仇视,老实说,那我倒高兴。因为尽管这个孤儿还小,可是我无论如何也不能担保她就是好的。您懂得我的意思吗?她还在吃奶的时候,就已经接受了自己的教育,养成了自己的癖性,或者说,养成了自己的习气。我真不明白,公爵究竟看中了她的什么?我建议把她送到寄宿学校里去已经有一千遍了。"

列奥达太太想要袒护我,可是公爵夫人已经决意要把我们拆开。她立刻差人把卡加叫去,在楼下就对她宣布,不到下个星期天不准她和我见面,那就是整整一个礼拜的样子。

我知道这一切,已经是在黄昏后很久,我非常吃惊;我想念着卡加,在我看来,她是受不了我们的离别的。我难过，痛苦得要发疯，夜里我生起病来；第二天早晨公爵来看我，低声对我说，叫我别失望。公爵用了自己的全部力气，却枉然，公爵夫人不肯改变主意。渐渐地我开始绝望了，痛苦使我感到透不过气来。

第三天，清早，娜斯佳带来一张卡加写给我的字条。这是用铅笔写的，字体潦草，内容如下：

"我非常爱你。虽然我同妈妈坐在一起，但我却总是在想着，怎样能跑到你身边。是的，我要跑到你身边——我说，因此也就不哭了。给我写写你怎样爱我吧。整夜我都梦着在拥抱你，我太痛苦了，涅朵奇卡。给你捎去一块糖。再见。"

我也这样回了她一封信。我整天拿着卡加的信哭着。列奥达太太的亲切，使我感到痛苦。晚上我听说，她去找了公爵，并且对他说，倘若我见不到卡加，准会第三次病倒，她后悔不该对公爵夫人说了。我问娜斯佳：卡加怎么样？她回答我说，卡加不哭了，但是脸苍白得可怕。

第二天早晨娜斯佳偷偷对我说：

"快到大人的书房里去。从右边下楼。"

一种预感复活了我的一切。希望使我屏住气,我跑下楼,推开书房门。她不在。突然,卡加从背后搂住我,热烈地吻我。笑声、眼泪……刹那间卡加冲出我的怀抱,爬到父亲身上,像松鼠似的往他肩上一跳,可是,没有支持住,从肩上滑到沙发里。公爵也跟着倒下来。郡主兴奋得流泪了。

"爸爸,你真是个好人,爸爸!"

"你们这一对顽皮鬼!你们怎么啦?你们这究竟是什么友谊?是什么爱情呀?"

"别作声,爸爸,你不知道我们的事情。"

我们又跑拢来拥抱。

我开始仔细打量她。在这三天里她变瘦了。红晕从她的脸上消逝,苍白偷偷爬上她的双颊。我伤心得哭起来。

娜斯佳终于敲门了。暗示已经有人发觉卡加不在,在查问了。卡加的脸变成了死灰色。

"够了,孩子们。我们以后每天都要见面的。再见吧,愿上帝赐福给你们!"公爵说。

他望着我们，很感动；可是他的估计完全错了。黄昏时从莫斯科带来一个消息，说小沙夏突然得病，已经奄奄一息。公爵夫人决定明天就动身。这件事情发生得很突然，直到要和郡主告别了，我还什么都不知道。公爵坚持要让我们告别，公爵夫人勉强同意了。郡主悲伤万分。我跑下楼，激动得跑过去搂住她的脖子。旅行车已经等候在门口。卡加看到我，大叫一声，昏倒过去。我扑上去吻她。公爵夫人想法救醒她。她终于醒过来，重新抱住我。

"再见，涅朵奇卡！"她忽然对我说，脸上做出难以理解的表情，笑起来，"你别看我；没有什么；我没有病，过一个月我就会回来。那时我们就可以不分开了。"

"够了，"公爵夫人平静地说，"我们走吧！"

但是郡主又转回来一次。她紧紧拥抱我。"我的亲爱的！"她抱着我低声说，"再见！"

我们最后吻过，郡主就走开了——这一走就是很久很久。过了八年我们才又见到面。

我是有意这样详细叙述卡加最初在我童年时期生活中出现的这一段插曲的。我们的经历分不开。她的故事——我的故事。好像命里注定要我碰到她；她像命里注定要她找到我。因此我不能不再一次愉快地回忆起我的童年……现在我要叙述得快一些了。我的生活突然陷入某种寂寞中，我仿佛重新清醒过来，在我满十六岁的时候……

但是这里还要说一下，在公爵一家上莫斯科去以后，我所遇到的一些事。

我和列奥达太太留了下来。

过了两个礼拜，来了一个信差，说，回彼得堡要推迟了，时间不能确定。列奥达太太因为家庭关系不能上莫斯科，因而她在公爵家里的职务就结束了；但她还留在这个家族里，转到公爵夫人的大女儿阿列克山得拉·米哈依洛芙娜家里去。

关于阿列克山得拉·米哈依洛芙娜我还一点也没有谈过，我也只见过她一次。她是公爵大人头一个丈夫留下的女儿。公爵夫人的出身和家族并不显赫；她的头一个丈夫是个包税商。在公爵夫人改嫁的时候,真不知道该怎样处理大女儿。不可能指望她找到一个出色的丈夫。她的嫁妆是适中的;四年前她终于嫁给一个有钱的大官。阿列克山得拉·米哈依洛芙娜走进了另一个社会,在自己的周围看到了另一个世界。公爵夫人一年去看她两次;公爵,她的继父,却每个礼拜都和卡加去看她。但是后来公爵夫人不愿意叫卡加到姐姐那儿去,而公爵还是偷偷带她去。卡加非常爱姐姐。然而她们的性格却迥然不同。阿列克山得拉·米哈依洛芙娜是个二十二岁的女人,沉静,温柔,富于感情;似乎有一种内在的忧郁,一种隐痛残酷地给她的美貌笼罩上一层阴影。不知道怎么的,严厉和冷酷同她那天使般的明朗的容貌是那样不协调,就好像丧服穿在一个不满周岁的婴儿身上似的。看到她,使人不能不对她感到深刻的同情。她的脸苍白,我第一次看到她的时候,就听说,她可能有肺病。她的生活非常孤独,不喜欢别人到她家里去,也不喜欢去拜访别人——就像一个修女。她那时还没有孩子。记得,她来看列奥达太太的时候,走到我身边,怀着深沉的感情吻吻我。同她在一起还有一个上了相当年岁的瘦瘦的男人。他含泪望着我。这就是提琴家 Б.。阿列克山得拉·米哈依洛芙娜抱住我,问我想不想住在她那里,做她的女儿。我看了看她的面孔,知道这是我的卡加的姐姐,我沉痛地抱住她,这种心情使我整个心口感到疼痛……似乎有人又一次在我头顶上叫着:"孤儿!"这时阿列克山得拉·米哈依洛芙娜把公爵的信给我看。在信里有几句话是写给我的,我默默地痛哭着读完了这些话。公爵祝福我健康和幸福,要我爱他的另一个女儿。卡加也写给我几句话。她说,她现在和妈妈在一起!

于是黄昏时,我进了另一个家庭,另一幢房子,看到了一些陌生的人,我又一次把我的心从已经感到那样亲切可爱的东西上撕下来。我悲痛万分,疲惫不堪,来到了这里……现在我就要开始讲新的故事了。

六

  我的新的生活过得这样安宁而平静,好像我是移居到隐士们中间来了……我在我的抚养人家里住了八年多,可是,在这整个时间里,除了个别几次而外,我却记不起家里曾经举行过招待晚会、宴会或随便邀请几位亲友的事。除了三两个间或来访的人,家庭的朋友提琴家 Б.,以及一些几乎永远是因事来见阿列克山得拉·米哈依洛芙娜的丈夫的人以外,再也没有人到我们家里来过。阿列克山得拉·米哈依洛芙娜的丈夫,总是忙于事情和公务,不过有时也能抽空来同家里人共享天伦之乐。

  出于一些不能忽略的重要原因,迫使他经常注意自己在社会上的地位。几乎到处都在议论他那无止境的名利心;然而因为他享有严肃认真的美名,因为他处在非常显赫的地位,而幸福和成功又仿佛是自动找上门的,所以尽管有社会舆论,却很难使他失去人们的同情。甚至还不仅如此。人们往往对他特别关怀,可是相反,对于他的妻子却完全不表同情。阿列克山得拉·米哈依洛芙娜十分孤独地生活着;但她仿佛很高兴这样。她那沉静的性格好像是为这种隐居的生活而生就的。

她把她的全部心思都放在我身上,她像爱自己亲生的孩子那样爱着我,而我也就带着那同卡加分离还未冷却的眼泪,带着一颗疼痛的心,贪婪地投到我那恩人的母亲般的怀抱中了。

从这时起我对她的火热的爱从没有熄灭过。她是我的母亲、姐姐和朋友,她代替了我的世界上的一切,她爱抚了我的少女时代。此外,我凭着一种本能和预感,很快发觉了,她的命运并不像在最初看到她那平静而仿佛是安宁的生活,看到她那虚有其表的自由,看到她那常常在脸上闪烁着泰然自若的微笑时所推想的那么美好,所以我成长期中的每一天,都不断向我说明了我的恩人的命运中的某些新东西,某些由我的心灵慢慢地而且痛苦地揣测到的东西,随着这些痛苦的感觉,我对她的眷恋愈来愈深,也愈来愈牢固了。

她的性格懦弱。看到她那明朗而坦然的面容,最初不会想到,她那正直的心会被某种忧虑所惊扰。不能想象,会有什么人她不爱;同情心在她的灵魂里永远胜过憎恶,然而她却缺乏知心朋友,十分孤独地生活着……照她的本性来说,她是个热情而且富于同情心的人,但她却仿佛害怕自己的同情心,仿佛每一分钟她都在监守着自己的心,不让它沉醉,即使是在幻想中。有时,在最快乐的时刻,我突然发现她眼中含着泪水:好像在她心里燃起了一种悲痛的回忆,突然想到某些折磨着她的良心的事情,仿佛有什么东西在窥伺着她的幸福,而且恶意地扰乱它。因此,似乎她愈是幸福,愈是生活得安详而且快乐的一刹那,苦恼也就愈逼近,忧郁和眼泪也就愈可能突如其来;好像忽然发起神经来似的。我记不起在这整整八年中曾经有没有过一个平静的月份。似乎,丈夫非常爱她;她也热烈地爱着他。可是骤然看来,他们中间好像有什么事没有谈清楚。在她的命运里有着某种秘密;至少从最初一刹那我就开始怀疑了……

从第一次见面,阿列克山得拉·米哈依洛芙娜的丈夫就给我一种忧郁的印象。这印象还在我童年时代就已经产生而且永远无法磨灭。从外表看来,这是一个高高瘦瘦的人,好像有意要隐藏自己的视线,戴着一副大绿眼镜。他孤僻、枯燥,甚至同妻子面对面都好像找不到话说。看来,他苦于同人接触。他对我丝毫不关心,而我,每当黄昏三个人都聚在阿列克山得拉·米哈依洛芙娜客厅里喝茶的时候,当着他的面往往就感到不安。我偷偷向阿列克山得拉·米哈依洛芙娜望望,痛苦地发觉到,好像她也在掛酌着自己的每个举动,倘若发觉,丈夫显得特别严峻而且忧郁,她的脸就变得苍白,或是突然红起来,好像她在丈夫的某句话里听到或是猜到了什么暗示。我觉得,她同他在一起感到很沉重,可是没有他,她却好像一分钟也过不去。她对他,对他的每句话和每个举动的异乎寻常的注意,使我非常惊讶;仿佛她在拼命博取他的欢心,仿佛她觉得,她未能实现自己的这种心愿。她好像在乞求他的赞赏:他脸上的一丝微笑,温存的片言只语——就使她感到幸福;这真好像是在那羞怯而且还未有指望的初恋时期。她好像侍候一个重病的人那样侍候着丈夫。每当他要到自己的办公室去,握住阿列克山得拉·米哈依洛芙娜的手,并且用那种在我看来对她非常难堪的怜悯的表情望着她的时候,她的态度就完全变了。她的举动和谈话就立刻变得轻松愉快起来。可是在每次同丈夫见面后,一种惶惑不安却长久停留在她身上。她马上开始回忆他所说的每句话,仿佛在衡量他所说的每句话的轻重。她时常问我:她听到的是这样吗?彼得·阿列克山得罗维奇就是这样说的吗?——好像是要在他说的话里寻找言外之意,也许要经过整整一小时,直到她似乎相信,他完全满意她,她的担心是多余的以后,才完全振作起来。这时她突然变得仁慈、快乐而且高兴,吻我,同我一起笑,或是走到钢琴旁边,随意弹上一两个钟头。但有时她的快乐会突然消失:她哭起来,而每当我惊慌不安狼狈地望着她的时候,她立刻好像怕谁会听到我们的谈话似的低声对我说,她不过是爱流泪,实在并没有什么,她很快乐,叫我别为她难过。有时因为丈夫不在,她突然又焦虑起来,打听他的动静,惶惶不安,派人去了解他在做什么,向贴身侍女打听,为什么吩咐套马,他要到哪儿去,他有没有病,心情好不好,他说了什么话以及诸如此类的问题。他的事情,她好像不敢直接过问。而每当他向她提出建议或者请她做某件事,她却那样驯服地仔细听着,那样提心吊胆,好像是他的奴隶一般。她很喜欢他能称赞她做的某件事,某个东西,读的某本书,或做的某种手工。她仿佛为此感到骄傲,并且立刻感到幸福起来。但她最快乐的时候,却是在他偶然(而这是很少有的)想起去抚爱自己的两个孩子的时候。她的脸色改变了,呈现出幸福的光彩,这时,她在丈夫面前,甚至过分地沉醉在自己的欢乐中。譬如,她甚至敢于突然主动地向他建议,当然这是用胆怯得发抖的声音,要他听一听她新学的一首乐曲,或是请他说一说他对某本书的意见,有时甚至请求允许她念一段当天引起她特殊印象的某作家的作品。有时丈夫也宽厚地满足她的一切愿望,而且还对她宽宏地微笑着,像人们对一个顽皮的孩子,不想拒绝他某种古怪的想法,怕粗暴地过早损害了他的天真。但是,不知道为什么,这种微笑,这种傲慢的宽容态度,他们中间的这种不平等关系,却深深地激怒了我;我沉默着,克制住自己,只是怀着孩子气的好奇心,同时带有一种早熟的严肃的念头,来用心观察他们。有一次我发现,他突然好像不由自主地记起什么来,好像清醒过来似的;好像他无可奈何地忽然回忆起一桩沉痛、可怕而且不幸的事情;刹那间那种宽容的微笑从他的脸上消失了,他的眼睛突然盯着惊惶不安的妻子,流露出那样一种怜悯的神情,甚至使我发抖了,照我现在的想法,倘若这是对我,那我会痛苦到极点。就在这时,快乐从阿列克山得拉·米哈依洛芙娜脸上消失了。音乐或读书中断了。她的脸色发白,但是还勉强支持着,不作声。不愉快的时刻、忧郁的时刻来临了,有时这持续得很久。最后,丈夫打破沉默。他站起来,仿佛十分吃力地抑制住自己的苦恼和激动,在房间里闷闷不乐地踱着,随后握住妻子的手,深深吁一口气,十分窘困地断断续续地说几句好像是用来安慰妻子的话，便走出房间去，而阿列克山得拉·米哈依洛芙娜只顾落泪或是长久浸沉在可怕的忧伤中。黄昏他同她告别时，常常像对孩子似的为她祝福而且替她画十字，她也含着感激的眼泪虔诚地接受他的祝福。但是我却忘不了那几个在我们这所房子里度过的黄昏（在整整的八年——也不过是三两次而已），那时阿列克山得拉·米哈依洛芙娜好像忽然变了样子。在她那总是平静的脸上，没有了往常对丈夫的恭敬和自卑，而现出愤激和怨恨的神情。有时整整一个钟头在酝酿着风暴；丈夫变得比平日更加沉默、严峻而且阴郁。最后，可怜的女人那颗痛苦的心似乎实在忍受不住了。她开始用激动得断断续续的声音说话，起初不连贯，东一句、西一句，全是一些暗示和半吞半吐的伤心话；随后，好像忍受不住自己的苦恼，突然痛哭起来，于是紧接着便是愤怒、责备、抱怨和绝望——似乎她就要病倒了。然而应该看到，她的丈夫是在以怎样的耐心忍受着这一切，是在以怎样的同情劝她平静，他吻她的手，甚至还和她一起哭；这时她突然好像清醒过来，好像良心在责备她，揭发了她的罪过,丈夫的眼泪使她大为震惊,她搓着手,绝望地哽咽着,哭倒在他脚边,恳求宽恕她,这种宽恕立刻就得到了。但是她的良心所受的折磨、流泪和恳求宽恕,却长期继续着,整整几个月里她在他面前变得越发胆怯,越发畏缩了。我一点也不明白这些责备和非难;在这种时候我就被打发到外边去,虽然这往往显得非常笨拙。但是要想完全瞒住我却不可能。我观察着,注意着,猜测着,而且从一开始我就疑惑到,这里包含着一个秘密,这颗受伤的心的突如其来的发作——不是一种简单的神经质的发作,所以难怪丈夫永远是那样阴郁,难怪他对可怜的有病的妻子的同情好像是含糊的,难怪她对他永远是那样胆怯和畏缩,她那温顺而又古怪的爱情竟不敢在丈夫面前表露,难怪她这样孤独,过着修道院式的生活,在丈夫面前脸会发红和突然发白。

但是因为这种同丈夫争吵的事发生得很少;因为我们的生活十分单调,而且我已经非常熟悉它;此外还因为我发育和成长得特别快,许多虽然是无意识的,然而转移了我的注意的新奇的念头,开始在我心里发生了,所以我毕竟习惯了这种生活,习惯了这些习惯,习惯了我周围这些人的性格。自然,看到阿列克山得拉·米哈依洛芙娜,有时我不能不思索,然而当时我的思索却得不到答案。我非常疼爱她,而且尊重她的苦恼,因此我生怕自己的好奇心会扰乱了她那容易激动的心灵。她了解我,并且多少次因为我对她的爱而想要感谢我呀!有时看到我发愁,她常常含泪微笑,而且嘲笑自己太好哭了。有时她突然对我说,她很满足,很幸福,大家全都对她很亲热,至今她所认识的人都非常爱她,彼得·阿列克山得罗维奇也总为着她和她的心情操心,这真使她难过极了,其实相反,她是非常幸福,非常幸福的!……于是她怀着深深的感情抱住我,她脸上闪出那样一种爱,我的心,倘若可以这样说,也因为同情她而疼痛了。

她的容貌永远不能从我的记忆中磨灭,端端正正的脸,消瘦而苍白,仿佛越发增加了她那庄严的美,浓密的黑发光滑地向下梳着,在双颊旁投下阴森的浓淡鲜明的影子;然而,看来,这和她那温柔的目光和她那孩子般的大大的明亮的蓝眼睛,和她那胆怯的微笑以及整个柔和而苍白的脸相对照，使你感到更加可爱，有时她脸上反映出那么多的东西：天真，胆怯，仿佛无依无靠，又仿佛在为每个感觉和心里的每次冲动———瞬间的快乐和经常的隐痛——而害怕。但是有时，当她幸福宁静的时候，在她那洞察心灵的目光中，含着多少像白昼一样的晴朗明净啊，含着多少坦率正直啊；这双像天空似的蔚蓝色的眼睛，发出一种爱恋的光芒，那样妩媚地望着人，在这里面反映出永远对一切高尚的东西、对一切恳求爱怜的人的深深的同情——因此所有的心都会对她屈服，情不自禁地倾向于她，好像从她身上也接受了这种明净，这种坦率，这种顺从和爱。有时，你出神地望着蓝色的天空，会觉得，情愿在那甜蜜的冥想中待上几个钟头，在这一刻，你的心会变得更舒畅而且宁静，那壮丽的天幕，就像是映在平静的水面上一样，映在你心里。每当——而这是常发生的——她兴奋得脸发红，激动得胸部轻轻跳动的时候——她的眼睛也就好像闪电一样放着光，好像投下了无数的火花，好像她此刻正在激动着的、纯真地保持着圣洁的火焰的美妙的心灵,都由这双眼睛表达出来了。在这一刻她是多么动人。在这心向神往的突然冲动里,在这从阴沉而胆怯的心情转到明朗和极度的兴奋,转到严肃而纯正的热情的过程里,同时还流露出多么天真的孩子般的鲁莽,多么幼稚的信念啊,看来,画家愿意付出自己的半生,审视这愉快和喜悦的一刻,将这动人的脸搬上画面。

还在我初到这个家里来的时候,我就看出来,由于她的孤独,她甚至为我的到来而高兴。那时她还只有一个孩子,才当了一年的母亲。但我却真正成了她的女儿,她对我像对自己的孩子一样。她是怎样热心地从事对我的教育啊!起初她非常心急,列奥达太太看到她就不由得要发笑。真的,起初我们一下子什么都想搞,弄得我们彼此都搞不清楚。例如,她一下子就教我很多的东西,而这许多东西是来自她那方面,她的急躁、热情和焦急的爱,超过了我实际的得益。最初她因为感到自己无能而伤心;可是,大笑一阵以后,我们又重新开始了,虽然阿列克山得拉·米哈依洛芙娜最初没有成功,然而她却大胆声明,她反对列奥达太太的办法。她们笑着,而我的新抚养人却断然宣称,她反对一切规则,并且肯定说,我和她会摸索出一条真正的道路,用不着把那些枯燥的知识使劲往我脑子里塞,一切成绩取决于我的理解,取决于能否激发起我的良好的意愿——然而她是对的,因为她完全得到了成功。首先,从一开始就彻底消除了师生界限,我们像两个朋友一样学习着,有时会变成这样,好像我在给阿列克山得拉·米哈依洛芙娜上课,而自己竟没有发觉到。这样一来,在我们中间便常常发生争执,为了证实一件事,我是怎样的看法,我常常非常激动,于是阿列克山得拉·米哈依洛芙娜就把我不知不觉地引上了一条真正的道路。但是最后,每当我们弄清楚了争论的问题,我立刻发觉到,这不过是阿列克山得拉·米哈依洛芙娜的一种手段,想到她总是这样努力教我,时常为了我牺牲了许许多多时间,每堂课以后我都跑过去搂住她的脖子,紧紧抱着她。我的敏感使她吃惊,甚至感动得莫名其妙。她好奇地询问起我的过去,希望从我口里听到那些事,每次在我讲过以后,她对我也越发温存、越发严肃了——所以越发严肃,是因为我,我的不幸的童年,除了激起她的同情以外,还引起她的某种尊敬。

在我讲过以后,我们往往长时间地谈着话,她向我说明我的过去,于是,我好像真的重又回到过去,而且重新学到许多东西。列奥达太太时常认为这些谈话太严肃,而且看到我情不自禁地流泪,就认为非常不适宜。可是我的想法却完全不是这样,因为在这样的教育之后,我觉得非常轻松而且甜蜜,仿佛在我的命运中并未有过什么不幸。此外我非常非常感激阿列克山得拉·米哈依洛芙娜,因为她一天天使我越来越爱她,列奥达太太没有料到,过去那些在我的内心反常、过早、狂热地发生的一切;那些使我这颗由于饱受折磨和创伤的稚弱的心变得偏激无情,却又为遭到无端打击的痛苦而悲伤的一切,就这样渐渐平复而且协调起来。

每一天开始,我们总是在她的孩子的房间里见面,叫醒孩子,替他穿衣服,给他打扮,喂他饭,逗他玩,教他说话。然后,我们丢开孩子,去做事。我们学的东西非常多,天晓得这是怎样一种学习。在这里包括各种学问，然而却没有什么固定的东西。我们读书，互相谈着自己的感想，丢开书又弄音乐，几小时不知不觉就过去了。黄昏时，阿列克山得拉·米哈依洛芙娜的朋友 Б.时常来看我们，列奥达太太也常来，往往就开始了最热烈的谈话，谈到艺术，谈到生活（这只限于凭我们中间的传闻而知道的那些），谈到现实、谈到理想、谈到过去和未来等等，我们常坐到深夜。我十分用心地听着，和别的人一起高兴，笑，或是激动，正是在这时我才详细地知道了有关我的父亲和我童年最初的一切情形。再说，我已经长大了；他们给我请了老师，没有阿列克山得拉·米哈依洛芙娜，我是不会从这些老师那里学到任何东西的。在地图上找城市和河流，同地理老师在一起我只会变得更糊涂。同阿列克山得拉·米哈依洛芙娜在一起，我们就进行非常有趣的旅行，我们走过了许多国家，看到了许多奇怪的东西，度过了许多兴高采烈的幻想的时刻，我们俩是那样努力，最后，她读过的书已经完全不够用了：我们不得不找新书来看。很快我也可以指点我的地理老师了，然而，毕竟应该替他说句公道话，他到底比我懂得多，他十分准确地知道某个城市位于多少度，在这个城市里住着几万几千以至几百个人。历史老师也照样拿薪水；可是他一走，我和阿列克山得拉·米哈依洛芙娜就照自己的办法学起历史来：我们拿起书，有时一直读到深夜，或者，更正确地说，是阿列克山得拉·米哈依洛芙娜在念给我听，因为她负有检查书的责任。我从来没有感到过像这样读书以后的快乐。我们俩都精神十足，仿佛自己就是书里的主人公。不用说，讲的总要比书上写的多；此外，阿列克山得拉·米哈依洛芙娜还很善于叙述，好像我们所谈的一切，都是她亲眼看到过的。我——一个孩子，她——一颗被伤害了的了无生趣的心，我们是那样激动，一直坐到深夜，这或许是很可笑的吧！然而我知道，在我身边她似乎能得到休息。记得，有时望着她，我胡思乱想起来，我猜测着，因而在我开始生活以前，我已经猜透了生活中许多的事情。

我终于满十六岁了。可是阿列克山得拉 米哈依洛芙娜的身体越来越坏。她变得更加容易冲动，她那无法排遣的忧郁也发作得更加厉害，丈夫来看她的次数越来越多，陪她坐的时间也越来越长，自然，他还是像从前那样严峻而且沉默，几乎总是不作声。我为她的命运越发担心了。我已经离开童年时代，在我的脑子里发生许多新的感想、观感、兴趣和推测；显然，这个家庭中从前的谜愈来愈使我苦恼。有时，我觉得，这个谜我似乎解开了一点儿。有时，我又陷入冷淡、消极，甚至是苦恼的情绪中，丢开了自己的好奇心，对一切问题不再去寻求答案。有时——而这发生得愈来愈多了——我觉得真想独自待着，想想事情：我这时很像那时候，我和父母在一起生活，起初，还没同父亲亲近时，整整有一年，我思索、考虑，从自己的角落审视上帝所创造的世界，我终于被自己臆造出来的奇怪的幻影弄得很孤僻。所不同的只是，此刻越发烦躁，越发忧郁，不由自主的新的冲动更加多了，渴望着有所行动的心情更迫切了，我不能再像以往那样专心于一件事情。然而从阿列克山得拉·米哈依洛芙娜那方面说，她似乎更疏远了我。到了这样年龄的我，几乎已经不能再做她的朋友了。我不再是个孩子了,我问许许多多的事情,有时那样望着她,她不得不在我面前垂下眼睛。有时,很奇怪,我不能看见她流泪,看见她,泪水往往就会涌上我的眼睛。我跑过去搂住她的脖子,紧紧拥抱她。她能回答我什么呢?我觉得,我使她感到痛苦。但有时——这是在沉重而忧伤的时刻——她,仿佛在某种绝望中,紧紧搂住我,仿佛她在寻求我的同情,仿佛她不能再忍受自己的孤独,仿佛我已经了解了她,仿佛我同她在共同经受痛苦。但在我们中间仍然有一个秘密,这是显而易见的,因此在这时我也开始疏远了她。同她在一起,我感到难过。此外,已经很少有什么东西来维系我们俩了,只有音乐。然而医生却禁止她弄音乐。书吧?但这就更难了。她完全不知道该怎样和我一同读书。不用说,我们会在头一页就停住:每个字可以变成一个暗示,每句没有意义的话可以变成一个谜。对于那种热情的倾心的交谈,我们彼此都回避着。

可是,这时,命运出乎意外地突然用一种特别奇怪的方法改变了我的生活。我的注意力、我的感觉、心和头脑——忽然全都紧张地甚至醉心地开始从事起另一种完全没有料想到的活动,我自己也不知不觉地完全进入一个新的世界;我来不及掉头去回顾和好好考虑一下;我甚至预感到自己会毁了自己,但是诱惑却胜过了恐惧,我闭着眼睛去碰运气。这样,我就有很长一段时间离开了现实,离开了那开始使我那么苦恼,那么痴心而却徒劳无益地从中寻找出路的现实。下面就来谈这是怎么回事以及它是怎样发生的。

餐厅有三个门:一个门通大厅,另一个通我的房间和婴儿室,第三个门通图书室。图书室另外有一个门,从这个门到我的房间,中间只隔着一间办公室,这间办公室通常是由彼得·阿列克山得罗维奇的事务助理,他的文书,他的助手,就是从前兼任他的秘书和中介人的那个人占着。橱柜和图书室的钥匙是由他保管的。一天,午饭后,他不在家,我在地板上拾到这把钥匙。我被好奇心征服了,拿起捡到的钥匙,走进了图书室。这是一间相当大的房间,非常明亮,周围排着八个装满书的大橱。书非常多,其中大部分是彼得·阿列克山得罗维奇继承的遗产。还有一部分是由阿列克山得拉·米哈依洛芙娜陆续购藏的。在这之前,他们给我读的书都是经过非常审慎的选择的,所以我毫不费事就猜到了,有许多书他们是禁止我读的,有许多书对于我还是秘密。这就是为什么我会带着无法遏制的好奇心,怀着恐惧、喜悦和一种莫名其妙的特殊的感情去打开头一个书橱,并且拿出头一本书。这个橱里放的是小说。我拿了一本出来,然后关上书橱,把书带到自己房间里,我的心情是那样奇怪,心脏收缩而且跳得非常厉害,好像我预感到在我生活中将发生剧烈的变化。回到自己的房间里,我锁上门,然后翻开小说。可是我没有读下去;我想到另一个心事;首先我得把私自占有图书室的事情弄妥当,使谁也不会知道,我能够在任何时候都拿到所需要的书。因此我把自己的快乐放在以后更适宜的时间,我把书送回去,可是把钥匙藏到身边。我藏了钥匙,这是我生活中头一桩愚蠢的行为。我等待着结果;但结果非常顺利:彼得·阿列克山得罗维奇的秘书和助理,点着灯在地板上找了整整一个晚上,第二天早晨就找来了锁匠,锁匠从自己带来的一串钥匙中收拾出一把新钥匙。事情就这样结束了，关于遗失钥匙的事谁也没有再听到过什么；而我也非常谨慎小心，一个礼拜只到图书室去一次，而且是在确信完全保险谁也不怀疑的时候。起初我选择秘书不在家的时间；可是后来我就从餐厅的门进去，因为彼得·阿列克山得罗维奇的文书只管钥匙，从来不进一步同书打交道，因此连放书的房间也不进去。

我开始贪婪地读起书来，书很快就完全迷住了我。我的一切新愿望，不久以前的一切意图，我少女时期由于过分早熟所引起的那样纷乱地从内心发生而至今还无法理解的冲动——所有这一切，突然长期转向另一种意外发现的出路，好像它们已经完全满足于新的养料，好像它们替自己找到了正当的道路。很快地，我的心，我的头脑完全着了迷，我的想象力发展得非常广阔，我仿佛忘记了至今围绕着我的整个世界。似乎是命运叫我停在我那样日夜思念和渴望的新生活的门口，而且在放我走上那条神秘莫测的道路以前，把我举上了高空，对我指出未来的令人心醉的远景和吸引人的光辉灿烂的前途。我注定了要从读到的东西中，通过幻想、希望、冲动和少女的心灵中美妙的波动来体验这全部未来的生活。我毫无选择地拿到什么书就读什么书，可是命运保护了我：在这之前我所知道的、所经受过的一切，是那样崇高，那样严正，以至现在任何奸诈和污秽的篇幅已经不能引诱我了。我的孩子的本能、我的小小的年龄、我的过去的一切保护了我。现在我好像突然明白了我以往的全部生活。的确，我读过的每一页，对我几乎都好像是熟悉的，都好像是很久以前已经经历过的；好像这全部激情，这以出乎意外的形式和魅人的画面出现在我面前的全部生活，我已经体验过了。在我所读过的每一本书里，都体现着同样的命运规律和同样奇妙莫测的精神，这种精神主宰着人的生活，而它是从人生的某种主要规律中产生的，这种规律就是拯救、维护和幸福的条件。当我读到这些的时候，怎么能不被引诱到忘却现实，以至远离现实呢！我凭着我心里几乎是由于某种自卫感所引起的全部，拼命地推测这个我所怀疑的规律。好像有人预先通知了我，警告过我。好像什么预兆充满我的心头，因此希望在我的心里一天天越发坚定了。虽然同时我对未来、对生活（它每天都在我读的书里，以艺术特有的力量，以诗的魅力在感动着我）的渴望愈来愈强烈，然而，正如我说过的，我的幻想过分占据了我那急躁的心情，老实说，我不过在幻想时是大胆的，而实际上，在未来的面前我却本能地感到畏缩。所以，好像预先同自己说好了似的，我不知不觉地暂时满足于幻想的世界，梦想的世界，在这个世界里，已经是我独自做主，在这个世界里，有的只是诱惑，只是快乐，以及最大的不幸，倘若可能的话，这不幸不过起着消极的作用，起着转换的作用，起着对于美妙的对照、对于命运突然转变为我脑子里所陶醉的那些故事的美满结局所必不可少的作用。现在我就是这样理解我当时的心情的。

就是这种生活，幻想的生活，和我周围的一切断然隔绝的生活，竟继续了整整三年之久！

这种生活是我的秘密，就是在整整三年之后，我仍然不知道，我是否怕这个秘密被突然揭穿。这三年里我所感受到的一切，对我是非常亲切可爱的。我在所有这些幻想中十分清楚地照见了自己，以致后来别人随便窥视一下我的心灵，就会使我感到困惑和害怕。况且，我们全家人都是非常孤独地在社会之外、在修道院式的寂静中生活着，那种要求孤独和只管自己的情形，就在我们每个人当中不知不觉地发展起来。我也是这样的。在这三年中，我周围的一切没有丝毫改变，一切照旧。像从前一样的冷冷清清的单调的生活围绕着我们，现在想起来，倘若我不是被自己的秘密、隐秘的活动迷住的话，这种单调的生活就会把我的心撕碎，就会把我从抑郁无生气的境地抛向难以料想的混乱的结局，毁灭的结局。列奥达太太变老了，几乎总是关在自己的房间里；孩子们还很小；Б.总是那个老样子，阿列克山得拉·米哈依洛芙娜的丈夫——像从前一样，仍然那样严峻，那样难以接近，那样孤僻。以往那种微妙的关系仍然在他们夫妇间存在着，这愈来愈使我觉得残酷可怕，我越发替阿列克山得拉·米哈依洛芙娜担心。我眼见她那悲苦暗淡的生命的火花，显然是在熄灭着。她的身体几乎一天天愈来愈坏。好像一种悲观失望的情绪终于攫住了她的心；看来，有一种她自己无法辨认的神秘莫测的模糊的东西，一种十分可怕的，但她自己也不明白，而把它当作命里注定的灾难承受下来的东西，在压迫着她。她的心终于在这种隐痛中变得冷酷起来；就连她的思想也向另一个忧郁的阴暗方向发展着。有一件事使我特别震惊：我觉得，我的岁数愈大，她好像就愈疏远我，她对我的拘谨，甚至变成一种使我不能忍耐的苦恼。似乎，她甚至从来就不爱我；似乎我妨碍了她。我说过我开始故意疏远她，而我既疏远了她，就好像传染上她那种神秘的性格。这就是为什么我在这三年中所经过的一切，我心里在幻想、探索、希望和极度兴奋中所构成的一切——能顽固地保留在我身上。我们既互相隐瞒了自己的感情，后来我们也就不再亲近了，虽然，我觉得，我一天天更加爱她。现在回想起来，我就不能不流泪。她是那样爱我，她是那样尽责，把心里所蕴藏的全部珍贵的爱用在我身上，始终忠实地履行着自己的诺言——做我的母亲。真的，她自身的痛苦有时使她长久顾不到我，她仿佛忘记了我，何况我又竭力不使她注意到我，所以在我十六岁的生日那天，好像竟没有一个人想到。但是在她清醒而且比较平静地注视周围的时候，她好像突然对我操心起来；急忙从我的房间里把我叫去，从我的功课和作业中对我提出许多问题，好像在测验和考查我，整天整天不离开我，而且，显然，因为关心我的成长，关心我的现在，关心我的前途，她猜测着我的一切心愿和希望，并且怀着无限的爱和某种诚意想来帮助我。但是她已经和我非常疏远，因此有时做得十分天真，我一下子就看出来了。例如，曾经发生过这样的事，当时我已经十六岁，她翻遍我的书，询问我读的东西，而且由于以为我还在读十二岁孩子的读物，她似乎突然吃惊了。我猜到了这是怎么回事，于是留心地看着她。整整两个礼拜她好像都在教我，考我，了解我的成长和需要的程度。最后，她终于开始了，在我们桌子上出现了瓦尔特·司各脱的《萨克逊劫后英雄略》，这本书我老早就读过了，而且至少读过三遍。起初她怀着胆怯的希望注意着我的反应，好像在估量着它们的轻重，好像在为它们感到害怕；最后，我们中间在我看来十分明显的紧张空气消除了；我们俩都兴奋起来，我是那样快乐，那样快乐，我已经可以在她面前什么都不用隐瞒了！当我们读完小说的时候，她也为我高兴。在我们读书的时间，我的每一句评语都是入情入理的，每一个感想也都是正确的。在她看来我已经远远跑到前面去了。这使她很感动，她为我高兴得发狂，她重又愉快地开始关心起对我的教育——她已经不愿意再同我分开；但这却由不得她。命运很快又把我们拆开了，并且阻碍了我们的接近。这只要她开始发病，爆发她那经常的苦恼就够了，跟着又是疏远，神秘和怀疑，以及，或许，甚至是冷酷无情。

但是甚至在这样的时候，也有我们所无法掌握的一瞬间。我们读书、彼此谈几句知心的话、弄弄音乐——就会使我们忘怀一切，说出自己的见解，有时说得非常多，在这之后我们彼此又感到很沉重。我们沉思着，用一种多疑、好奇、不信任的目光惊慌地互相望着。我们在互相接近时各人都有自己的界限；我们不敢越过它，尽管我们都想越过它。

一天傍晚，天黑以前，我在阿列克山得拉·米哈依洛芙娜的书房里心不在焉地读着书。她坐下来弹钢琴，随意奏着一首她最心爱的意大利乐曲。后来，当她改弹另一首抒情曲的时候，我被深深透入我内心的音乐所吸引，开始胆怯地轻轻哼起这首曲子来。很快我就完全陶醉了，站起来，走近钢琴；阿列克山得拉·米哈依洛芙娜好像猜透了我的心意，开始来伴奏，满怀热爱地注意着我的每个音调。她似乎在为它的完美而感到惊讶。在这以前我从来没有在她面前唱过歌，而且就是我自己也才知道我究竟有没有天资。这时我们俩都忽然精神十足。我的声音愈来愈高；我心里忽然充满了一股力量和热情，这是被阿列克山得拉·米哈依洛芙娜异常的惊喜所激发的，她的这种感情是我从她伴奏的每个节拍中感到的。最后，唱歌是那样成功，那样鼓舞人心，那样有力地结束了，她甚至高兴得抓住我的手，极其愉快地望了我一眼。

"安涅达！你的声音真美极了，"她说，"我的天！我怎么没有发觉呢？"

"我自己也不过是刚刚才发觉。"我高兴到得意忘形地回答说。

"愿上帝保佑你，我的好宝贝！为赐给你这样的天赋感谢他吧。谁知道……啊……我的天哪,我的天哪!"

她为这件意外的事那样激动,那样兴高采烈,简直不知道该对我说什么,该怎样爱我了。这是我们很久以来没有过的坦率地互相爱怜和亲近的一刹那。过了一个钟头,家里好像过节。赶快打发人去找 Б. 来。在等他的时候,我们随手翻开另一章我比较熟悉的乐曲,开始演唱一首抒情曲。这一次我害怕得浑身发抖。我不愿意让失败来破坏最初的印象。但是我的声音立刻鼓励和支持了我。我自己也愈来愈对它的力量感到惊讶,有了这第二次的经验,一切怀疑都消除了。在忍耐不住的极度欢乐中,阿列克山得拉·米哈依洛芙娜打发人找孩子们来,甚至还找了孩子们的保姆,最后,因为实在太高兴了,竟到丈夫那里去,把他从办公室里叫出来,这如果是在另外的时间,恐怕只敢想想而已。彼得·阿列克山得罗维奇宽厚地听完这件新闻,祝贺我,而且他还头一个倡议应该专门培养我。由于感激而觉得幸福的阿列克山得拉·米哈依洛芙娜,好像他为她做了一桩不知道多么了不起的事,跑过去吻他的双手。Б.终于来了,老头子很高兴。他非常爱我,回想起我的父亲和往事,当我在他面前唱了两三首歌的时候,他板起严肃而忧虑的面孔,甚至带着一点神秘的样子,说道,无疑的,我有才华,或许,甚至是天才,不专门培养我,是不应该的。随后,认真地想了想,他和阿列克山得拉·米哈依洛芙娜两个人立刻觉得,一开始就过分夸奖我是危险的,我发觉,他们马上使了个眼色,暗中商议好了,但他们对我的整个密谋却显得非常天真而且笨拙。当我看到,后来,在重新唱完歌以后,他们竭力抑制自己,而且甚至还故意大声说着我的缺点的时候,我暗自笑了一整晚。但是他们这样装模作样并不久,头一个是 Б.违背了自己的意思,他重又高兴得激动起来。我从来没有想到他是那样爱我。整个晚上都在进行着最友好、最亲切的谈话。Б.讲了几个有名的歌手和演员的生平,他带着一个艺术家的喜悦和敬意激动地讲着。后来,谈到我的父亲,又谈到我,谈到我的童年,谈到公爵,谈到公爵的一家,自从分别以后,我很少听到他们的消息。就连阿列克山得拉·米哈依洛芙娜本人对他们的事也知道得不多。知道得最多的是Б．，因为他到莫斯科去过几次。但是谈到这里却带着一种使我不能理解的神秘的意味，有几处特别是涉及公爵的地方，我听不懂。阿列克山得拉·米哈依洛芙娜提起卡加，可是对于她，Б．却说不出什么特别的东西，好像故意避而不谈她似的。这使我感到惊异。我不但没有忘记卡加，以前对她的爱在我心中不但没有熄灭，而且甚至相反，我连一次也没有想过，对卡加的感情会发生什么变化。就连分别，就连这样长久不通音讯的几年来的不同的生活，不同的教育，不同的性格，我都完全忽略了。而且，在我的心目中，卡加是从来没有离开我的：她仿佛依然和我生活在一起；特别是在我所有的幻想中，在我所有的小说和虚构的故事中，我和她总是手挽着手在一起。在把自己设想成所读过的每本小说中的主人公的时候，我马上就把自己的朋友——郡主，放在自己身旁，而且把小说分成两部分，其中一部分，自然，是由我来扮演的，虽然，我毫不客气地抄袭了我所心爱的作家的创作。我们的家庭会议终于决定替我请音乐教师。Б.介绍了一位非常出名非常好的老师。第二天一个意大利人 Д.来到我们家里,他听完我唱歌,发表了和他的朋友 Б.同样的意见,但随即他又说,要是能到他那里和他的其他几个女学生在一起上课,会对我有很大益处,因为在那里互相切磋,互相学习,我手边将会有丰富的材料,这一切都会有助于我的歌喉的发展。阿列克山得拉·米哈依洛芙娜同意了;从这时起,我每星期平均三次,在早晨八点钟由女仆伴送去音乐学院。

现在我来叙述一个奇怪的故事,它对我有非常深刻的影响,它以急剧的转变开始了我的新的成年时期。那时我过了十六岁,在我心里突然发生了一种莫名其妙的消沉的情绪;一种我自己也不明白的、不堪忍受的、令人厌倦的寂寞窒息着我。我所有的幻想、我所有的冲动都忽然停止了,就连那最好幻想的天性,也好像因为无能为力而消逝了。冷淡无情代替了从前心里未经世故的热情。甚至那些我非常热爱的人所共认的我的天赋,也不再使我发生兴趣,我无情地藐视它。任何事情也不能使我感到快乐,甚至对阿列克山得拉·米哈依洛芙娜，我都觉得有一种我不能不承认的抱愧的疏远冷淡的感觉。我的消沉的情绪偶尔也被莫名其妙的忧愁和出于意外的哭泣所中断。我追求着孤独。在这奇怪的时候，一件奇怪的事情深深震动了我的心，而且把这种寂寞变成了一场真正的风暴。我的心被刺伤了……下面我就来谈这件事情是怎样发生的。

七

我走进图书室(这对我将是永远值得纪念的一刹那),拿出瓦尔特·司各脱的小说《圣·罗兰之水》,这是我唯一的没有读过的一本书。记得,仿佛有一种刺人的无名的烦恼在折磨我,这烦恼里包含着某种预感,我真想哭。落日的余晖密密地斜照进高大的窗户,射在闪闪放光的镶花地板上,房间里通明;一切都是静悄悄的;周围,附近的几个房间,没有一个人。彼得·阿列克山得罗维奇不在家,阿列克山得拉·米哈依洛芙娜病倒在床上。我真哭了,在打开书的第二章以后,我无目的地乱翻着,竭力想从偶尔出现在我眼前的一些片段的字句中找出某种意思。我像人们那样占卦,用翻书来确定吉凶。常会有这样的时候,那时所有的智慧和力量,由于过度紧张,好像会突然爆发出明亮的领悟的火花,而且在这一瞬间,仿佛被预感所折磨的、预先感到未来的那颗激动的心,也隐约看到一种带预兆的东西。这整个身体是多么想活着,多么渴望生存,而且由于最热烈最盲目的冲动,心也好像在呼唤那神秘莫测的未来,虽然随着未来会带来暴风骤雨,但是只要它带来了生命就行。我当时就处在这样的时刻。

记得,我正好合上书,想过一会儿再打开它来占卦,为了预测我的未来,准备读我随便碰到的一页。可是,打开书,我却看到一张写满字的叠成四折的信纸,信纸已经被压扁,而且粘在一块了,好像它是在几年前被夹在书里,而且被遗忘了的。我十分好奇地开始审视着自己的发现。这是一封没有收信人的姓名和住址的信,是用开头的两个字母 C.O. 署名的,我越发好奇了;我揭开几乎粘在一起的纸,纸因为放在书里的时间太久,在书上面留下一块同样大小的发白的地方。信的折痕已经磨坏:可以看出,它曾经被人反复读过而且珍贵地保存过。墨水发蓝而且褪色了——从写的时候到现在真是很久了!有几个字偶然跳到我眼里，我急得心跳起来。我惶惑不安地抚弄着信，好像在故意延迟读它的时间。我偶然把信拿到亮处：是呀！一滴滴眼泪在字行里已经干涸了；一个个斑点留在纸上；有的地方有几个字母被泪水洗去。这是谁的眼泪呢？我急呆了，终于读完了第一页的前半页，我不禁惊叫一声。我关上橱，把书放在原处，信藏到围巾下面，跑到自己房间里，锁上门，又重新读起来。但是我的心跳得非常厉害，一个个字和字母在我眼前跳过去，我却很久弄不清楚是什么意思。信里揭发了秘密的原委；信，像闪电似的击中了我，因为我知道了，它是写给谁的。我晓得，我读这封信，简直是在犯罪；可是好奇心却征服了我！信是写给阿列克山得拉·米哈依洛芙娜的。

这就是那封信；我现在把它抄在这里。我不太了解其中的意思，而且后来很久我都在猜度和苦恼地思索着。从这时起我的生活好像被破坏了。我的心长久而且几乎永远处在激动和愤恨中，因为这封信招惹出许多是非。我准确地猜到了未来。

这是一封最后告别的可怕的信；在读完这封信以

后，我觉得心非常痛苦地在收缩着，我好像失掉了一切，好像一切，甚至幻想和希望，也都永远离开了我，好像除了那毫无价值的生命以外，在我身上再没有留下什么东西。是谁写的这封信呢？后来他的遭遇又是怎样的呢？信里有着那样多的暗示，那样多的事实，是不可能弄错的，可是又有那样多的谜，以至不能不在许多推想中感到茫然。然而我差不多都猜对了，况且那暗示着许多事情的信的文体，也说明了这种关系的全部性质，为了这种关系使两颗心破碎了。写信的人的思想情感都暴露出来了。这种思想情感非常特殊，像我已经讲过的，它们给那个谜暗示出非常多的东西。瞧，这就是信；现在我逐字逐句把它抄下来：

你说，你不会忘记我——我相信，从今以后我的全部生命就在你这句话里了。我们要分别了，时候到了！我老早就知道了这一点，我的温存的、我的忧愁的美人啊，可是直到现在才明白。在我们的全部时间里，在你爱我的整个时期中，我的心都在为我们的爱情感到痛苦和烦恼，可是你会相信吗？此刻我轻松一些了！我早就知道，这一切将会这样来了结，而且在我们出生以前就这样注定了！这是命运！听我说完，阿列克山得拉：我们是不相称的；我始终都这样感觉到！我配不上你，而且我，只有我，应该为我享受过的幸福受到惩罚！告诉我：在你认识我以前，我在你面前算得个什么呢？天啊，已经两年了，可是至今我好像还昏昏沉沉的；至今我还不能够明白，你爱上了我！我不懂得，我们怎么会发展到这样，而且这是怎样开始的。你还记得，同你相比，当时我算得个什么呢？我配得上你吗？我有什么值得你爱的呢？我有什么特殊的地方呢？对你来说，我是愚蠢而且粗野的，我的外表忧郁颓丧。我没有企求过另外一种生活，对于这，我没有盘算过，没有希望过，而且也不愿意希望。在我身上好像一切都受着压制，而我也不知道世界上会有什么东西比我日常的例行工作更重要。我只有一个忧虑——明天；然而即使对于这个，我也是漠不关心的。从前，这已是很久以前的事了，我梦到过类似的事情，而且像一个痴人一样幻想过。但是从那时起已经过了许多许多时间，我的生活也变得孤独、严峻而又平静，我甚至感觉不到那使我的心结成冰的冷漠。它睡去了。我本来就知道而且确信，永远不会为我升起另一个太阳，我相信这一点，而且从来也不埋怨，因为我知道，这是理所当然的事。当你走过我身旁的时候，我真不明白我竟敢抬起眼睛来望你。在你面前我只能算一个奴隶。在你身旁我心里没有胆怯，没有痛苦，没有丝毫的邪念：它是平静的。我的心识不透你的心，虽然你的心在自己的可爱的姐妹[1]旁边是非常明亮的。这我知道；我暗暗感觉到这个。我是能感觉到这个的，因为就是长得最不好的一根草，上帝的朝霞的光芒也会照得到，它像温暖和抚爱一朵鲜艳的花一样，温暖和抚爱着草，而草也温顺地在花旁边发

---

1 指写信人自己的心。

芽滋长。而当我知道了一切的时候——记得吗，在那天黄昏以后，在那些完全激动我的心弦的谈话以后——我茫然而且吃惊，我的一切都被搅乱了，你知道吗？我是那样吃惊，那样不相信自己，我竟不了解你！关于这一点我从来也没有对你说过。你一点也不知道；我以前并不像你碰到我的时候那样。假使我能够，假使我敢说，那我老早就会对你供认一切。可是我却默不作声，而现在我要全都说出来，为的是让你知道，你现在丢开了怎样一个人，你是在同什么人分手！你知道我起初是怎样看你的吗？热情，像火焰似的征服了我，像毒汁似的流进我的血液；它搅乱了我的全部思想感情，我陶醉了，我茫然，我不是以一个和你平等的人，以一个配得上你的纯洁的爱的人，来报答你那纯洁的怜悯的爱的，而是冷酷无情地对待它。我不了解你。我把你当成一个在我看来是坑弄我的人，而不是想要使我成为像你一样崇高的人来对待你的。你知道我怀疑你些什么，而这个"玩弄我"是什么意思吗？但是，不，我说到这一点并不是想来侮辱你；我只是对你说明这一点：你看错了我！我永远永远也不会像你那样崇高。当我了解了你时，我也只能怀着无限的爱远远注视着你，然而就是这样，我也不能赎回我的罪过。我被你所激起的那种热情，不是爱——我害怕爱，我不敢爱你；爱情里——包含着相互的感情和平等，可是这些我却不配……我也不知道，我那时是什么感情！哦！这叫我怎样对你说呢？怎样说得更清楚呢？……起初我不相信……哦！你记得吗，在我那第一次冲动平静下来的时候，在我的眼睛明亮起来的时候，在只剩下最纯洁无瑕的感情的时候——这时我的头一个表情是惊讶、困惑和恐怖，还记得我忽然痛苦起来，扑倒在你的脚下吗？还记得你惶惑而且吃惊地含泪问我是怎么回事吗？我没有作声，我不能回答你；我的心被撕碎了；我的幸福好像一个承受不了的重担，压得我难受，我痛哭着，而且想："为什么我会得到这个呢？凭什么我应该得到这个呢？凭什么我应该得到快乐呢?"我的妹妹,我的妹妹!哦!有多少次——这个你不知道——多少次,我偷偷吻你的衣裳,所以要偷偷地吻,是因为我知道,我配不上你——那时,我窒息了,我的心缓慢而强烈地跳动着,仿佛它要停止而且永远不再跳动。当我握住你的手的时候,我的脸苍白,全身颤抖;由于你的心灵的纯洁使我难堪。哦,我不能对你说出埋藏在我心里的非常想表露的一切。知道吗?你对我永远是那样温存,那样体贴,有时使我感到沉重和痛苦。当你吻我的时候(这只有过一次,可是我却永远也不会忘记)——我的眼睛模糊了,刹那间我整个心苦恼极了。为什么我那时没有死在你的脚边?瞧,我给你写信用"你",这还是第一次,虽然你老早就这样命令过我了。你明白我要说什么吗?我想对你说出一切,而且要说到这样一件事:是的,你很喜欢我,你像一个妹妹喜欢哥哥那样喜欢我;你像喜欢自己的创作那样喜欢我,因为你复活了我的心,把我的智慧从沉睡中唤醒,并且给我心里注入美妙的希望;但我本来是不能而且不敢希望的啊;直到现在我还从来没有叫你妹妹,因为我不能做你的哥哥,因为我们是不相称的,因为你看错了我!

但是你看,我总是在说自己,甚至在这时,在这可怕的灾难临头的时刻,我只是想着自己一个人,虽然我也知道,你在为我痛苦。哦,不要为我痛苦吧,我的亲爱的朋友!知道吗,现在,在我自己看来,我是多么卑贱!这一切都被戳穿了,到处都在议论!为了我,你将被所有的人唾弃,你将受到轻蔑和嘲笑,因为我在他们眼里是太卑贱了!哦,我配不上你,这是我多大的罪过呀!哪怕在他们看来我妄自尊大和自重,我能在他们眼里引起一些尊敬,那他们也会宽恕你!但是我是个卑微的人,我是个渺小的人,是个小丑,而没有任何一种人比小丑更下贱。要知道是谁在叫嚷啊,不是吗?我就是因为这些人已经叫嚷起来才精神颓丧的;我永远是脆弱的。知道吗,我现在处于怎样的情况:我自己在嘲笑自己,我觉得他们说得对,因为甚至我对自己也觉得可笑而且可憎。我感觉到这个；我甚至憎恨自己的脸，自己的样子，自己所有的习惯和卑贱的举止；我永远憎恨这些！哦，请原谅我这种愚蠢的绝望的心情吧！你使我习惯了对你说出一切。我害了你，我害得你受人轻视和嘲笑，因为我配不上你。

就是这种思想使我苦恼；它在我脑子里不停地喧嚷着，而且折磨和刺痛着我的心。我总觉得，你要爱的不是像我这样的人，你错看了我。这就是我痛苦的原因，这就是我现在苦恼，而且一直要苦恼到死或是到发疯的原因！

别了，别了！这时，当一切都败露的时候，当他们在叫嚷、在议论的时候（我听到了这些！），当我在我自己看来变得卑鄙下贱，因而为自己感到羞愧，也为你，为你的选择感到羞愧的时候，当我在诅咒自己的时候，此刻为了你的安宁，我要逃走而且隐藏起来了。这是必需的，你永远永远见不到我了！这是应该的，这是命里注定的！我已经得到许多东西；命运弄错了；现在它在改正自己的错误，在索回所有一切。我们碰在一起，彼此认识了——而在这里我们就要分离了，直到另一次会面的时候！可是这将在何时何地呢？啊，告诉我，我的亲爱的，我们将在什么地方相会，我到哪里找你，我怎样才会认得你，那时你能认得我吗？我的整个心都被你占据了。哦，这究竟是为什么呀？为什么我们要分离呢？告诉我吧——要知道，我不明白，也不会明白，永远也不会明白——告诉我吧，怎样才能把生命撕成两半，怎样才能把心从胸膛里摘出来，没有它而生活？哦，我一想到永远永远永远不能再看到你，我是多么痛苦啊！……

天啊，他们掀起了怎样一场叫嚣啊！这时我是多么为你害怕！刚才我遇到你的丈夫；我们俩都配不上他，虽然我们俩在他面前是无罪的。他什么都知道；他明白我们的事；他了解一切，以前他就很清楚一切。他勇敢地起来保护你，他会搭救你的；他会不让这些闲话和叫嚷伤害你；他非常爱你而且尊敬你；他是你的救星，但是我却在逃避！……我跑到他跟前，我想吻他的手！……他对我说，要我快点离开这里。一切都决定了！据说，为了你，他同他们，同所有的人都争吵过；那里人们都在攻击你！别人怪他姑息和软弱。我的天！那里还在说你些什么呢？他们不了解，他们不可能而且无法了解！请原谅原谅他们吧，我的可怜的人，像我原谅他们那样；而他们从我这里比从你那里抢走的东西更多！

我什么也不记得，我不知道我在给你写些什么。昨天告别时我给你说了些什么来着？要知道我什么都忘了。我很激动，你哭了……请原谅我这些眼泪吧！我是那样脆弱，那样胆怯！

我还想对你说点什么……啊！哪怕再有一次能够把我的眼泪洒在你手上，就像此刻把眼泪洒在我信上这样！哪怕再有一次能够倒在你脚边！如果他们只要知道，你的感情是那么崇高就好了！然而他们都是瞎子；他们傲慢而且妄自尊大；他们不会看到，而且永远也不会看到这个。他们拿什么东西来看呢！甚至在他们的裁判席前，即使地球上所有的人都来向他们作证，他们也不会相信你是无罪的。他们能理解到这一点吗！他们怎么敢向你举起石头？是谁的手第一个举起石头来的？[1] 哦，他们不会感到害羞的，他们将会举起成千块石头！他们之所以敢举起石头，是因为他们知道，这应该怎样做。他们会一下子全都举起石头来，而且说，他们是无罪的，他们将自己来承担罪孽！哦，如果他们知道他们在做什么就好了！如果能毫无隐瞒地对他们说出一切，让他们看到、听到、理解到而且相信就好了！但是不，他们并不这么恶毒……我现在处在绝望的心情中，或者，我是在诽谤他们！或者，我因为自己害怕也在吓唬你！不要怕，不要怕他们，我的亲爱的！他们总会了解你的。

毕竟有一个人已经了解了你：相信吧——这就是你的丈夫！别了，别了！我不来向你道谢

---

1 此典故出自《圣经》。

了!永别了!

C.O.

我非常惶惑,很久都搞不清楚,我碰到了什么事。我十分激动而且害怕。现实出其不意,把我从已经过了三年的那种轻松的幻想的生活中唤醒过来。我恐惧地感觉到,在我手里掌握了一个很大的秘密,这个秘密已经和我的整个生活发生了关联……可是发生怎样的关联呢?这我自己还不知道。我觉得,只是从这时候起,对于我开始了一个新的未来。现在我不自觉地直接参与了我周围那些人的生活纠葛,我替自己害怕。我凭什么参与他们的生活呢,我,一个人家不需要的陌生人,我能带给他们一些什么呢?怎样来解开这根偶尔把我和别人的秘密拴在一起的绳索呢?谁知道?也许,我所扮演的新角色,对于自己和对于他们都是痛苦的。但是我不能沉默,又不能不接受这个角色,把我所知道的东西索性埋在心里。但我将会发生什么事呢?我将怎样办呢?况且我所知道的又是什么东西呢？我的面前堆着成千模糊不清的问题，我的心被压得受不住了。我感到茫然无措。

后来，记得，曾经有过这样的时刻，心里充满了许多过去所没有体验过的新奇的印象。我觉得，仿佛在我的胸中发生了什么，以前那种忧郁突然从我心里消失，一种新东西，一种我还不知道——应该为它悲伤还是高兴的东西，开始充塞着我的心。这一刹那，很像一个人将永远离开家乡、抛弃以往安定和舒适的生活，踏上遥远而神秘的路途，最后一次回顾自己的周围，在心里同自己的过去告别，同时却由于忧郁地预感到整个不可知的未来（在新的路途上等待着他的也许是严峻和险恶），因而觉得苦恼。后来，我实在忍不住了，痛哭起来，这种病态的发作使我的心稍稍得到安宁。我需要看到随便什么人，听到他说话的声音，紧紧拥抱住他。我已经不能，而且这时也不想独自待着；我跑到阿列克山得拉·米哈依洛芙娜那里，和她在一起度过了整整一个黄昏。我们只有两个人。我请求她不要弹琴，而且自己也拒绝唱歌，虽然她邀请我。我觉得一切突然变得沉重起来，无论什么事我也做不了。好像我和她都哭了。我只记得,我把她吓坏了。她劝我安静点,不要激动。她怀着恐惧注视着我,还说,我病了,我不知爱惜自己。最后,我精疲力竭,痛苦不堪地从她那里走出来;我好像失掉了知觉,兴奋地躺到床上。

过了好几天,我才恢复了知觉,而且能比较清楚地了解自己的处境了。在这期间我和阿列克山得拉·米哈依洛芙娜都十分孤独地生活着。彼得·阿列克山得罗维奇不在彼得堡。他因为有事上莫斯科去了,在那里待了三个星期。虽然分别的时间很短,可是阿列克山得拉·米哈依洛芙娜却处于可怕的烦恼中。有时她显得比较平静,但是一个人关在房里,显然,我使她感到沉重。而况我自己也在追求孤独。我的脑子十分紧张地思索着;我好像很茫然。有时,我会碰到令人痛苦和厌烦的长久思索的时刻,这时我模糊地感觉到,仿佛有谁在暗中嘲笑我,仿佛在我心里生出了一种什么东西,搅乱和毒化了我的每一个念头。我不能摆脱那个时刻出现在我面前、不让我安静的折磨人的形象。我看到那长久没有出路的痛苦和磨难，以及驯服地毫无抱怨地无故遭到的牺牲。我觉得，那个遭到这样牺牲的人，好像在蔑视和侮弄这种牺牲。我觉得，我仿佛看到那个宽恕了正人君子的过失的罪犯，我的心被撕碎了！与此同时，我很想努力摆脱开我的怀疑；我诅咒它，我恨自己，为什么我所有的信念不能成为信念，而只能是预感，为什么我不能在自己面前证实自己的那些印象。

随后我头脑里反复想着那些话，那些可怕的诀别的呼声。我想象着这个不相称的人；我竭力猜测"不相称的人"这句话令人难堪的全部含义。这种诀别的话使我痛苦极了："我是一个小丑，我为你的选择感到羞愧。"这究竟是怎么一回事？他们是什么人？他们为什么伤心？为什么难过？他们失掉了什么？我抑制着自己，全神贯注，重读这封信，在信里包含着那么多折磨人的绝望，然而它的内容却那样特别，那样使我不能理解。信从我手里掉下来，我的心愈来愈慌乱……这一切不管怎样总该得到了结，可是我看不到一条出路而且害怕这条出路。

一天，我们院子里，响起从彼得堡回来的彼

得·阿列克山得罗维奇的轻便马车的辘辘声，我几乎真要发病了。阿列克山得拉·米哈依洛芙娜愉快地叫着跑过去迎接丈夫，可是我却像被拴住似的站在原地不动。记得，我也为自己这样突如其来的激动感到震惊。我忍耐不住，跑回自己的房间里。我不明白什么使我这样突然感到惊慌，但是我却害怕这种惊慌。过了一刻钟，我被叫去，他们带给我一封公爵的信。在客厅里我遇见一个陌生人，他是和彼得·阿列克山得罗维奇一起从莫斯科来的，从听到的一些话里，我知道，他要在我们这里长久住下来。这是公爵的代理人，他是为了料理公爵家原先由彼得·阿列克山得罗维奇管的某些重要事务到彼得堡来的。他交给我一封公爵的信，并且补充说，郡主也想写信给我的，直到最后一刻钟还说，一定要写信，却让他空手离开了那里，而且要他转告我，她真没有什么事情好给我写，在信里什么东西也写不出来，她糟蹋了整整五张纸，后来都撕成了碎片，而且最后还叫告诉我，为要彼此通信，必须重新相好才行。然后她托付要他告诉我，很快就可以和她见面了。这位不认识的先生，对我迫切的询问回答说,关于很快见面的消息是确实的,公爵全家很快就要到彼得堡来了。听到这个消息我简直高兴极了,很快走进自己房间,把自己关在房间里,流着泪拆开公爵的信。公爵告诉我很快就可以同他、同卡加见面,而且怀着深挚的感情祝贺我的天才;最后,他祝福我的未来,而且答应栽培我。在读这封信的时候,我哭了;然而在我的甜蜜的哭泣中却掺杂着那种令人难以忍受的忧愁,记得,我替自己害怕;我自己也不知道我发生了什么事。

几天过去了。在那时和我的房间并排、从前由彼得·阿列克山得罗维奇的文书占用的房间里,现在这位新来的客人每天早晨,而且常常直到深夜在工作着。他们也常常把自己关在彼得·阿列克山得罗维奇的办公室里,一起工作。有一天,午饭后,阿列克山得拉·米哈依洛芙娜要我到她丈夫的办公室去,问他要不要和我们一起喝茶。我在办公室里没有看见一个人,我以为彼得·阿列克山得罗维奇很快就会回来,就站着等他。墙上挂着他的相片,记得,看到这张相片,我忽然浑身哆嗦了一下,怀着一种我自己也不明白的激动心情开始审视着它。它挂得相当高;屋里相当暗,为了便于仔细看它,我拉过一张椅,站到上面。我很想发现点什么,仿佛指望能从这里找到我的疑问的答案,记得,首先使我吃惊的是相片上的那一双眼睛。这使我吃惊的原因,是我几乎从来没有看到过这个人的眼睛:他永远把它们隐藏在眼镜底下。

不知道是什么奇怪的偏见,还在童年时代我就不喜欢他的眼神,这种偏见此刻仿佛得到了证实。我遐想起来。我突然觉得,仿佛相片里的那双眼睛在慌张地躲避着我的咄咄逼人的审视的目光,它们在竭力回避,并且在那双眼睛里隐藏着虚伪和欺骗;我觉得,仿佛我猜中了,而且至今我也不明白,我内心里是一种什么神秘的快乐响应着我的猜想。我轻轻喊了一声。在这时我听到身后响起沙沙声。我回过头看:在我面前站着彼得·阿列克山得罗维奇,他注意望着我。我觉得,他的脸忽然红了。我也面红耳赤,从椅子上跳下来。

"您在这儿做什么?"他用严厉的声调问,"您干吗到这儿来?"

我不知道回答什么好。稍微镇静了一下，就漫不经心地转达了阿列克山得拉·米哈依洛芙娜的邀请。不记得他回答我什么了，也不记得我怎样走出办公室的；但是，到了阿列克山得拉·米哈依洛芙娜的房里，我却完全忘记了她等候已久的回答，只胡乱地说，他要来喝茶的。

"可是你怎么了，涅朵奇卡？"她问，"你满脸通红；去照照自己看。你怎么了？"

"我不知道……我走得太快了……"我回答说。

"彼得·阿列克山得罗维奇究竟对你说了什么？"她困惑地打断我的话。

我没有回答。这时传来彼得·阿列克山得罗维奇的脚步声，我立刻从房间里走出来。我极端烦恼地等了整整两个小时。最后，我被叫到阿列克山得拉·米哈依洛芙娜房里。阿列克山得拉·米哈依洛芙娜沉默而且忧郁。当我走进房间的时候，她很快审视了我一下，但随即又垂下眼睛。我觉得，仿佛在她脸上流露出某种困惑的神情。很快我发觉，她的情绪很坏，很少说话，对我连望都不望一眼，对 Б. 的关切的询问，只推说是头痛。彼得·阿列克山得罗维奇比往常说得多，但只同 Б. 说。

阿列克山得拉·米哈依洛芙娜心不在焉地走到钢琴旁。

"给我们唱个歌吧。" Б. 对我说。

"是呀，安涅达，唱个你新学的歌吧。"阿列克山得拉·米哈依洛芙娜也随声附和，似乎很高兴这个建议。

我向她望了一眼；她惊惶不安地望了望我。

但是我不会克制自己。我没有走到钢琴旁边，随便唱个什么歌，却只觉得心慌意乱，不知道该怎样来推辞；最后，我苦恼极了，坚决拒绝了唱歌。

"为什么你不愿意唱歌呢？"阿列克山得拉·米哈依洛芙娜意味深长地问我，同时顺便向丈夫望了一眼。

这两眼使我再也忍受不住了。我极其慌乱地站起来，然而，我已经不能掩饰自己的慌乱，由于某种难以忍受的痛苦浑身战栗着，我激昂地再一次声明，我不愿唱，我身体不舒服。我一面说，一面望着所有的人，天晓得这时我是多么想待在自己房间里，躲开所有的人。

Б.非常吃惊，阿列克山得拉·米哈依洛芙娜显然陷入了苦恼中，一句话也不说。而彼得·阿列克山得罗维奇突然站起来，看来像是表示遗憾似的，说，他忘记了一件事，错过了必要的时间，并且说，或许他要过一会儿再来，但是，为了万一不能再来，就握了握 Б.的手，作为告别，然后匆匆忙忙走出房间。

"您究竟怎样了？" Б.问，"看样子您确实病了。"

"是的，我身上不舒服，非常不舒服。"我不耐烦地回答。

"真的，你脸色苍白，但不久以前是那样红。"阿列克山得拉·米哈依洛芙娜说，但又突然停住。

"够了！"我说，一直走到她跟前，盯着她的眼睛。可怜的女人受不了我的目光，垂下眼睛，像负罪似的，她苍白的双颊染上了浅浅的红晕。我拿起她的手，吻着。阿列克山得拉·米哈依洛芙娜怀着真挚的孩子般的快乐向我望了一会儿。"原谅我，我今天是这样狠、这样傻气的一个孩子，"我满含感情地对她说,"但是,我实在病了。别生气,让我走吧……"

"我们全都是小孩子,"她含着一丝胆怯的微笑说,"而且我这个孩子比你坏得多,"她对着我的耳朵说,"再见,祝你健康。只是,看在上帝面上!别生我的气。"

"为什么要生气?"我问,这样天真的自白使我非常惊讶。

"为什么要生气?"她很狠狠地重复说,好像也在为自己的话感到害怕,"为什么要生气?真是,瞧我多傻,涅朵奇卡。我这是说的什么话?再见!你比我聪明……可是我比一个小孩子还要傻。"

"得了,别说了!"我十分激动地回答说,不知道该对她说什么。我再一次吻吻她,很快地走出房间。

我极端苦恼而且难受。我怨恨自己,觉得我太不当心了,不会克制自己。不知道为什么我羞愧得要落泪,在深深的苦恼中我睡去了。第二天早晨当我醒来的时候,我的头一个念头就是,昨晚的一切——纯粹是幻影,我们彼此不过是在故弄玄虚,制造紧张,把一些小事情设想成了不起的大事，而且由于没有经验，由于我们不习惯接受外来的影响，才会发生这一切的。我觉得，一切都是因为这封信在作祟，它过分地惊扰了我，搞乱了我的想象。于是我决定，顶好以后什么事也别想。这样异常轻松地排遣了自己的全部忧愁，而且毫不怀疑地相信自己会同样轻松地来执行这个决定，之后，我心里就平静了些，非常愉快地去上声乐课。早晨的空气使我的头脑感到很清爽。我很喜欢早晨走到我的老师那儿去。走过那在九点钟以前就已经热闹起来而且忙碌地开始了日常生活的都市，是十分快活的。我们通常总是沿着最热闹、最繁华的街道走，我非常高兴我的演员生活开始时的这种情景，一边是那些日常琐事，无关重要的但很认真的奔忙，而另一边，离这种生活两步远，在一幢大楼的三层楼上等待着我的却是艺术，大楼里，从上到下，住满了在我看来恰恰同任何艺术都无关的人们。我挟着乐谱，走在那些气势汹汹的认真办事的过路人中间；护送我的娜达莉亚老婆婆，每次都使我无形中发生一个疑问：她在想些什么？——此外，还有我的老师，他一半是意大利人，一半是法兰西人，他老是激动着，这个古怪的家伙，是个纯粹的书呆子，又是个道道地地的守财奴——所有这一切，使我开心，使我发笑，使我沉思。此外，我虽胆怯，然而却怀着热烈的希望酷爱着自己的艺术，我构想出许许多多空中楼阁，替自己的未来画出了一幅非常美妙的图画，而且在我回家时，常常被自己的幻想激动得好像身在烈火中。总之，在这样的时候，我几乎是幸福的。

这一次，当我十点钟下课回家时，也正是这样一种情绪光顾着我。我忘记了一切，记得，我非常快乐地在幻想着一件事。可是突然，在上楼的时候，我哆嗦了一下，好像有什么烫了我。从上面传来彼得·阿列克山得罗维奇的声音，这时他正走下楼。一种十分不快的感觉控制了我，回想起昨天，使我感到非常厌恶，我无论如何再掩饰不住自己的苦闷了。我轻轻向他点了一下头，然而，可能这时我脸上太富于表情了，他甚至惊奇地在我面前停下来。发觉到他的这个举动，我脸红了，赶快走上楼。他在我身后嘟哝了些什么，随后就走开了。

我苦恼得真想哭，我不明白，这是怎么的。整个早晨我心慌意乱，不知道该怎样办才能尽快结束和摆脱这一切。我上千次警告自己要理智些，我上千次又为自己害怕。我觉得，我恨阿列克山得拉·米哈依洛芙娜的丈夫，可是却又感到自己无能为力。这次，由于不断的激动，我变得非常衰弱，已经再也不能控制自己。我变得怨恨一切人；整个早晨我待在自己房间里，甚至没有到阿列克山得拉·米哈依洛芙娜那里去。她自己来了。一看到我，她几乎叫出来。我的脸十分苍白，照了照镜子，自己也感到可怕。阿列克山得拉·米哈依洛芙娜陪我坐了整整一小时，像照顾一个婴儿那样照顾我。

但是她的关怀使我感到越发难受，她的亲热使我感到越发沉重，看到她，我非常痛苦，我坚决央求她让我一个人待着。她走了，可是非常担心我。最后，我以痛哭流涕来发泄我的痛苦。黄昏时我心里感到轻松了些……

之所以感到轻松，是因为我决定要到她那里去。我决定要跑去跪在她面前，把那封她遗失的信交给她，向她承认一切：全部说出我所经受的痛苦和自己的怀疑，用在我心里燃烧着的对她这苦命人的无限的爱，去拥抱她，并且对她说，我是她的孩子，她的朋友，我的心对她毫无隐瞒，让她来看一看，而且让她知道，在那里有着对她多么热烈、多么坚贞的情感。我的天啊！我知道，我觉得，我是她能向我打开自己心的最后一个人，因而，在我看来，好像挽救她也就越发有把握，我的话也就越发有力量……我虽然是模模糊糊、不明不白，但了解她的苦闷，我心里充满了愤怒，当我想到她可能在我面前、在我询问时面红耳赤……苦命人，我的苦命人，你是那个罪人吗？这就是当我要哭倒在她脚边时对她说的话。正义感在我内心翻腾着，我疯了。我真不知道，我会做出什么事情来；可是后来，在几乎将要开始时，一件偶然的事情阻止了我，而把我和她从毁灭中救出来，这时我才恍然大悟。我吓坏了。她这样一颗受尽折磨的心，还能重新生出什么希望呢？我只会更快地杀死她！

下面就来讲这件偶然发生的事情：我已经走到离她的书房还有两个房间的地方，这时彼得·阿列克山得罗维奇从旁边门里走出来,他没有看见我,走在我前面。他也是到她那里去的。我一动不动地停下来;他是我这时应当会遇到的最后一个人。我想走开,但好奇心却突然征服了我。他在镜子前面站了一会儿,理了理头发,然而非常奇怪,我忽然听到他在轻声哼着一支歌。一刹那,在我头脑里,现出童年遥远而模糊的回忆。为了说明我这时感到的那种诧异的心情,我来谈谈这个回忆。还在我到这个家里来的头一年,有一件事使我非常吃惊,直到现在我才明白了这件事,因为只是现在,只是在这一刻,我才明白了自己对这个人所以有那种难以理解的反感的原因!我已经说过,还在那时我就觉得在他面前总感到闷得慌。我已经说过,他那愁眉不展、忧心忡忡的样子,经常忧郁、沮丧的表情,给了我十分不快的印象;每当我们一道在阿列克山得拉·米哈依洛芙娜的茶桌旁度过几小时之后,我就感到异常沉重;此外还有,当我有好几次几乎成为我前面所说过的那些沉闷和暗淡的场面的见证人时,不知是一种什么烦恼使我感到非常伤心。恰巧,那时我也像现在一样,在这个房间,在这个时候,碰到了他,当时,他也像我一样,是到阿列克山得拉·米哈依洛芙娜那儿去的。看到他,我感到纯粹孩子式的害怕,我像一个做了错事的人,藏到角落里,祈求命运别让他看到我。正像现在一样,他站在镜子前,一种模糊的成年人的感觉使我浑身哆嗦了一下。我觉得,他好像在故意把自己的面孔装成阴郁的样子。至少我是清楚地看到,在他走近镜子以前,他脸上露着微笑;我看到了笑容,这是以往我从来没有看到过的,因为(记得,这使我十分吃惊)他从来不在阿列克山得拉·米哈依洛芙娜面前笑一下。忽然,一照镜子,他的面孔马上改变了。仿佛微笑遵照命令从脸上消失了。一副好像不由自主从内心发出的痛苦的表情,这种尽管用多大的努力却不能掩饰的表情,撇歪了他的嘴唇,某种痉挛的疼痛把许多皱纹赶上了他的前额,而且使他蹙紧双眉。目光阴郁地躲藏在眼镜后面——总之,在这一瞬间,他仿佛遵照号令似的完全变成了另外一个人。记得,我,一个小孩子,因为怕着明白自己所看到的事情,吓得浑身发抖。从那时起,一种沉重而令人不快的印象便深深地留在我心里。他照了一会儿镜子,垂下头,拱起背,像通常在阿列克山得拉·米哈依洛芙娜面前那样,踮着脚,走进她的书房。就是这种回忆使我感到惊讶。

那时,也像现在这样,他以为,他只是一个人,就停在这面镜子前。也像那次一样,看到了他,我感到敌意和不快。但是当我听到那使我惊讶得一动也不能动的异常的歌声(要知道,歌声是出于他,出于一个不可能唱歌的人的嘴里呀!)的时候,当现在类似的情景使我回忆起童年几乎是同样的一瞬间的时候——这时,我不能说出,是怎样一种含讽刺性的印象在刺痛我的心。我的每根神经都战栗了一下,我大笑起来,作为对这不祥的歌声的回答,可怜的歌手大叫一声,从镜子前跳开两步,脸色灰白,好像一个被人捉住的不光彩的罪犯,他恐惧,惊讶,疯狂地望着我。他的目光对我发生了不寻常的影响。我毫不客气地用歇斯底里的狂笑来回答他,我笑着走过他身旁,而且还不停地大笑着走进阿列克山得拉·米哈依洛芙娜的房间。我知道,他站在门帘外面,也许,他在犹豫,不知道该进来还是不进来,狂怒和畏怯使他不能动弹——我怀着愤激的挑战的焦急心情,等待着他的下一步;我敢打赌他是不会进来的,我赢了。他过了半个钟头才进来。阿列克山得拉·米哈依洛芙娜非常吃惊地望了我好久。但她对我的询问却是徒劳的。我不能回答,我喘不过气来。最后,她以为,我发神经了,不安地望着我。歇了一会儿,我拿起她的手,吻起来。只是在这时,我才改变了主意,只是在这时,我才想到,倘若不是碰到她的丈夫,我几乎害死了她。我望着她,像望着一个死而复生的人。

彼得·阿列克山得罗维奇走进来。

我仓促中看了他一眼;他那样望着我,好像我们中间什么事情也没有发生过,他仍然严峻而忧郁。但是从他那苍白的脸和微微颤抖的唇边,我猜到,他是好不容易才隐藏住自己的激动的。他冷淡地向阿列克山得拉·米哈依洛芙娜问了好,然后默然坐着。在他端起茶杯的时候,他的手发抖。我料到要出事了。我感到臭名其妙的恐惧。我想走开,可是却不愿留下阿列克山得拉·米哈依洛芙娜,她看到丈夫这个样子,脸就变了色。她也预感到不祥。最后,我怀着非常恐怖的心情等着的事情终于发生了。

在深沉的寂静中我抬起眼睛，正碰上直向我这边望着的彼得·阿列克山得罗维奇的眼镜。这是那样出人意料，我浑身哆嗦了一下，几乎叫出来，随后我垂下了头。阿列克山得拉·米哈依洛芙娜发觉了我的这个举动。

"您怎么了？您为什么脸红？"响起了彼得·阿列克山得罗维奇的不礼貌的刺耳的声音。

我没有作声；我的心跳得很厉害，我简直说不出话来。

"她为什么脸红？她为什么总是脸红？"他问阿列克山得拉·米哈依洛芙娜，对她蛮横无理地指着我。

愤怒使我喘不过气来。我向阿列克山得拉·米哈依洛芙娜投过恳求的目光。她了解我。她那苍白的双颊突然发红了。

"安涅达，"她用一种我无论如何也料想不到的镇静的声音对我说，"回自己房间去；过一会儿我来找你：我们一同来度过黄昏……"

"我问您,听到我说的话没有?"彼得·阿列克山得罗维奇打断她的话,他的声音越发高了,好像没有听到妻子在说话,"为什么您见到我就脸红?说!"

"因为您使她不得不脸红,我也是一样!"阿列克山得拉·米哈依洛芙娜用激动的声调回答说。

我惊讶地向阿列克山得拉·米哈依洛芙娜望了一眼。她那种激烈的反驳,最初使我完全莫名其妙。

"我使您不得不脸红?我吗?"彼得·阿列克山得罗维奇回答她说,特别着重"我"字,好像也感到惊讶得不能自持,"您为我脸红?难道我有什么事叫您为我脸红?应该脸红的是您,而不是我,是吗?"

这句话在我听来是那样赤裸裸,里面含着那样刻薄无情的嘲笑,我恐惧得大叫一声,扑倒在阿列克山得拉·米哈依洛芙娜身边。在她那惨白的脸上现出惊讶、痛苦、责备和恐惧的表情。我恳求地合拢双手,向彼得·阿列克山得罗维奇望了一眼。看来,他好像醒悟过来了;但那种使他说出这句话的狂怒却还没有过去。不过,看到我的无声的哀求,他惊慌了。我的举动表明,我知道他们中间至今还是秘密的那些事情,我非常懂得他的话。

"安涅达,回自己房间里去,"阿列克山得拉·米哈依洛芙娜站起来,声音微弱而又坚定,重复地说,"我很需要同彼得·阿列克山得罗维奇谈谈……"

看来,她还平静;然而这种平静比任何激动都使我更害怕。我好像没有听到她的话,呆呆地一动也不动。我聚精会神,想从她的脸上看出她内心这一刹那的变化。我觉得,好像她既不明白我的举动,也不明白我的叫声。

"瞧您干的好事!小姐!"彼得·阿列克山得罗维奇抓住我的手,指着妻子对我说。

我的天哪!我从来还没有见到过这时在这张痛苦万分的死一般苍白的脸上所显露出来的那种绝望。他拉住我的一只手,把我拖出房间。我最后向他们一望:阿列克山得拉·米哈依洛芙娜的肘支在壁炉上,双手紧紧抱住头。她全身的姿态表现出痛苦万分。我抓住彼得·阿列克山得罗维奇的手,急切地握着它。

"看上帝面上吧!看上帝面上吧!"我用激动的声音说,"饶恕她!"

"别怕！别怕！"他说，有点古怪地望着我，"没有关系，这是歇斯底里的发作，您去吧，去吧。"

回到自己房间里，我倒在沙发上，用手捂住脸。整整三小时我一动也没有动，在这一瞬间我经历了整个地狱。最后，我忍耐不住了，打发人去问，我是否可以到阿列克山得拉·米哈依洛芙娜那里去。列奥达太太来回答，彼得·阿列克山得罗维奇叫她告诉我，歇斯底里的发作已经过去，没有危险了，但是阿列克山得拉·米哈依洛芙娜需要休息。直到早晨三点钟，我还没有躺下睡觉，总是在房间里来回地踱着，想着。我的处境比任何时候都显得更为莫测。但是我觉得自己好像平静了一些，也许是因为，我觉得自己比旁人的罪过更大。我躺下来睡觉，不耐烦地等着天亮。

但是第二天，使我伤心而且吃惊，我发觉阿列克山得拉·米哈依洛芙娜脸上有一种无法解释的冷淡。起初我觉得，可能是因为昨天我无意中看到她同丈夫的争吵，所以现在同我在一起，她那颗纯洁无瑕的崇高的心感到沉重。我以为，这个人可能在我面前脸红，并且觉得昨天那场倒霉的争吵也许伤了我的心，而请求我原谅。但是很快我发觉，她脸上是另一种忧虑和显得十分不舒服的烦躁：忽而她冷淡无情地回答我的话；忽而在她的谈话中表露出某种特别的含意；忽而又突然对我非常亲热，仿佛在懊悔不该那么冷淡我，这是她心里不能容忍的，她的温和而平静的谈话，仿佛含着某种责备自己的意思。最后，我直率地问她，她怎么了？她是不是有话对我说？她因为我的直截了当的询问有些发窘，但立刻向我抬起了她那沉静的大眼睛，一边温柔地向我微笑着，一边说：

"没有什么，涅朵奇卡；不过你要知道：你这么直率地问我，我有些窘。这是因为你问得太突然……相信我。但是听着——给我说老实话，我的孩子：你心里有没有这样的事情，倘若在别人也突然出其不意地问你这件事的时候，你也会发窘？"

"没有。"我用毫不含糊的眼色向她望了一会儿，回答说。

"那就好了！我的朋友，倘若你知道我是多么感激你这个令人快慰的回答。这倒不是我怀疑你会做什么坏事——这是绝对不可能的!我根本不准自己有这种念头。但是听着:我是把你当作孩子领来的,而现在你已经十七岁了。你自己看到的:我是个病人,我自己也像个小孩似的,需要旁人照顾。我不能完全代替你的亲生母亲,尽管从我心里已经给你分出了许多的爱,倘若这时忧虑那样折磨我,那么,显然,这不是你的过错,而是我。原谅我提出的问题,原谅我可能在无意中没有完全履行自己的诺言,而这些诺言是在我把你从爸爸那儿领来时,我对你、对他都保证过的。这使我此刻非常不安,而且也使我过去时常不安,我的朋友。"

我抱住她,哭起来。

"哦,谢谢您,谢谢您的一切关怀!"我说,眼泪流在她手上,"别这么对我说,别叫我伤心。您对我胜过母亲;愿上帝为公爵和您两个人对我这个被遗弃的穷孩子所做的一切,赐福给你们吧!我的苦命的!我的亲爱的!"

"别说了,涅朵奇卡,别说了!好好拥抱我;这样紧紧地拥抱我!知道吗?天晓得为什么我觉得仿佛是你最后一次拥抱我。"

"不，不，"我说，像一个小孩子那样号啕大哭起来，"不，这不能！您会幸福的！……您还会活得很久。相信我，我们会幸福的。"

"谢谢你，谢谢你这样爱我。现在很少有人来看我了；全都抛弃了我！"

"是谁抛弃了您？他们是谁？"

"从前我周围是另外一些人；你不知道，涅朵奇卡。他们全都抛弃了我，都去了，好像只是些幻影。而我却这样盼望他们，毕生都盼望着；不要管他们吧！瞧，涅朵奇卡：看见吗，是这样的深秋的天气啊。很快就要下雪了：一下雪，我就会死——是呀，但是我并不难过。别了！"

她的脸色苍白得难看；颊上燃烧着两块不祥的红晕，她的嘴唇颤抖着，因为身上发烧，嘴唇已经干裂。

她走到钢琴旁，弹了几个谐音；在这一刹那一根弦嘣的一声断了，发出长久的颤动的回声……

"听见了吗，涅朵奇卡，听见了吗？"她突然用一种充满灵感的声音指着钢琴说,"这根弦就是因为被拧得太紧了:它受不住,断了。听到了吗?这声音是在怎样抱怨地死去啊!"

她吃力地说着。心里无从表白的痛苦从脸上反映出来,眼睛里满含泪水。

"别说这些吧,涅朵奇卡,我的朋友;别说了,去把孩子们带来。"

我把孩子们带来了。看到了他们,她好像得到一些宽慰,过了一个钟头,她让他们走开了。

"要是我死了,你不会丢下他们吧,安涅达?嗯?"她对我低声说,仿佛怕谁会偷听我们的话。

"别说了,您要杀死我了!"我只能说出这样一句话,作为对她的回答。

"我是开玩笑的,"她沉默了一会儿,微微一笑,说,"你倒相信了?不是吗?有时天晓得我说的什么。我现在也像一个小孩子;需要人们原谅。"

这时她胆怯地望望我,好像害怕说出某件事情。我等着。

"当心别吓了他。"她垂下眼睛,脸上泛起一阵轻微的红晕,终于几乎听不清楚地低声说。

"吓了谁?"我惊奇地问。

"我的丈夫。你以后大概会把一切都悄悄告诉他的。"

"那为什么,为什么?"我反复问,愈来愈感到惊讶。

"那么,也许,你不会告诉他,怎么知道呢!"她回答说,竭力装出狡猾的样子向我看看,尽管在她嘴唇边闪过同样天真的一笑,她的脸却愈来愈红了。"别说这些啦;我不过是说了玩的。"

我心里感到愈来愈沉痛。

"不过听我说,要是我死了,你会爱他们吗?——嗯?"她严肃而又好像神秘地接着说,"会像爱自己亲生孩子那样爱他们吗,嗯?别忘记:我从来都是把你当自己亲生的孩子看的,和自己的孩子没有两样。"

"能,能!"我回答说,不知道自己说的是什么,困窘和眼泪使我透不过气来了。

在我还没有来得及挪开自己的手时,手上飞来烈火般的一吻。我惊讶得说不出话来。

"她怎么了?她在想什么?昨天他们谈了些什么?"这些念头在我脑子里疾驰而过。

过了一会儿,她说觉得累了。

"我早就病了,只是不愿意吓着你们俩,"她说,"不是吗?你们俩都爱我——嗯?……再见吧,涅朵奇卡;让我一个人待一会儿,但晚上你一定要来看我,好吗?"

我保证一定来看她;但是我很高兴能够离开她。我再也忍受不住了。

"苦命人啊,苦命人!是怎样的一种怀疑在送你走进坟墓啊?"我一边痛哭,一边感叹着,"是怎样的一种新的痛苦在刺激和侵蚀着你的心啊?然而对于这件事你几乎不敢说一句话,我的天!这是我现在已经熟知的长期的折磨,这是没有希望的生活,这是胆怯而没有丝毫要求的爱,而且甚至在此时此刻,几乎要死的时候,心痛苦得要炸开来的时候,她却好像一个罪犯似的,不敢抱怨一声——而且在猜测和臆造出新的痛苦来之后,她竟向它屈服并且能够容忍它!……"

黄昏时,我利用奥沃洛夫(从莫斯科来的客人)不在家的时候,走进图书室,我打开书橱,翻着书,想找一本书,读给阿列克山得拉·米哈依洛芙娜听,我很想使她丢开那些忧郁的念头,想找一点轻松愉快的东西……我漫不经心地挑选了好久。暮色渐浓;我心里也随着暮色越来越沉重。我手里又出现了那本书,仍然揭开那一页,我现在还能看到那封信在上面悄悄留下的痕迹,那封信从那时起就没有离开过我怀里,它仿佛毁灭了而又重新开始了我的生活,而这种生活带给我许多冷酷无情、神秘莫测的东西,这种东西甚至现在我已经从远处深感到很大的威胁……"我们将会怎么样呢,"我想,"这个在我看是那样温暖、那样自由的角落,将要变得空虚了!这种保护着我的少女时代的纯洁和愉快的气氛将要离开了我。往后怎么办?"我呆呆地回想着自己的过去,出了神,这时我心里感到那样真切,好像要努力看透未来,看透那没有人知道的威胁着我的东西……现在我想起这一刻,好像历历在目:它深深印在我的记忆中。

我手里拿着信和摊开的书；我的脸被泪水浸湿了。忽然，我吓得哆嗦了一下：在我头顶上响起熟悉的声音。我随即觉得，有人从我手里抢去了信。我大叫一声，回过头去：在我面前站着彼得·阿列克山得罗维奇。他捉住我的一只手，不让我动；用右手把信举到亮处，竭力辨认着头几行字……我大叫起来；我宁可死，也不愿意让这封信落到他手里。从他那扬扬得意的微笑中，我知道他已经看清了头几行。我失掉了理性。

刹那间我发疯地向他扑过去，从他手里抢过信来。这一切发生得是这样快，连我自己也不明白，我是怎样把信抢回来的。但是，看到他又想从我手里抢信，我慌忙把它藏到怀里，而且退后了三步。

我们彼此默默地望了一会儿。我怕得浑身发抖；他脸色苍白，嘴唇发抖，而且气得有点发青，他首先打破了沉默。

"够了！"他说，声音由丁激动而变得微弱，"您大概不想要我动武吧；乖乖地把信给我。"

直到现在我才醒悟过来，侮辱、羞耻和对粗鲁地使用暴力的愤慨，使我透不过气。热泪沿着我发烧的双颊流下来。我激动得浑身发抖，霎时间，我说不出一句话来。

"您听见没有？"他说，向我跟前走了两步……

"离开我，离开我！"我叫起来，躲开了他，"您的行为太卑鄙了。您太放肆了！………让我走！……"

"怎么？这是什么意思？您还敢用这种腔调……在您……之后……给我，我对您说！"

他又向我逼近一步，但瞥了我一眼，看见我的目光非常坚决，他停下来，好像感到犹豫。

"好吧！"他终于冷淡地说，仿佛打定了另外的主意，可是仍然在努力克制自己，"事情终究会弄明白的，可是首先……"这时他向四周看了一下。

"您……谁让您进图书室来的？为什么这个书橱开了？您从哪里拿到钥匙的？"

"我不回答您的问题，"我说，"我不愿意同您说话，让我走，让我走！"我向门口走去。

"且慢，"他说，抓住我的手止住我，"您不能就这样走。"我默默地从他手里挣脱出自己的手，重又向门口走去。

"好吧。但是，老实告诉您，我不容许您在我家里同情人通信……"我惊讶得叫了出来，茫然向他看了一眼。

"所以……"

"不准您说！"我叫起来，"您怎么可以这样？您怎么可以这样对我说话？……我的天啊！我的天啊！"

"怎么？怎么？您还想吓唬我？"

但是我脸色苍白，万分沉痛地望着他。我们的争吵达到那样料想不到的激烈的程度。我用目光恳求他不要再吵下去。我情愿宽恕他对我的侮辱，只要他不再吵。他凝视着我，显然，犹豫了。

"不要把我逼到忍无可忍的地步！"我恐怖地低声说。

"不会的，这件事需要了结！"他终于像领悟到什么似的说，"老实对您说，我曾经因为您的这种目光动摇过，"他含着古怪的微笑接着说，"但是，恰巧，事情已经不说自明。我已看到这封信的头几行。这是一封情书。您骗不了我！不，丢开这个念头吧！

倘若有一刻我曾经犹豫过,那么这只是证明,我应当在您那所有的优良品性上面再加上您撒谎的本领,就是因为这,我才要说……"

当他说话的时候,他的面孔因为愤恨变得越来越难看。他的脸发白;嘴歪着而且颤抖着,以至于好不容易才说出了最后的几句话。天黑了。我孤单地独自站在这个会侮辱女性的人面前。而且,事情的假象又同我作对;我羞愧极了,感到狼狈,我不能理解这个人的愤恨。我没有回答他的话,恐怖得不由自主地冲出了房间,而且,不知不觉已经站在阿列克山得拉·米哈依洛芙娜的书房门口。就在这一刹那传来了他的脚步声;我已经想走进房间,但突然像受到雷殛似的,停下来。

"她会怎样呢?"在我脑子里闪过这个念头,"这封信!……不,随便怎样吧,只是不要让她的心灵遭到这最后的打击。"我又跑回头。可是已经晚了,他站在我身旁。

"您要到哪儿我们就到哪儿去,只是别在这里,别在这里!"我抓住他的一只手低声说,"可怜可怜她！我回到图书室去，或者……听您的便吧！您会杀了她的！"

"是您要杀她！"他推开我，回答说。

我的希望完全破灭了。我觉得，他恰恰想让阿列克山得拉·米哈依洛芙娜知道这场争吵。

"看在上帝面上！"我说，拚命拉住他。但这时门帘掀开了，阿列克山得拉·米哈依洛芙娜出现在我们面前。她吃惊地望着我们。她的脸比平时更加苍白。她吃力地站着。可以看出，她是听到我们的说话才费了很大的劲走到我们跟前来的。

"谁在这里？你们在这里说什么？"她问，十分惊讶地望着我们。

沉默了片刻，她的脸像亚麻布一样苍白。我跑到她跟前，紧紧抱住她，然后把她扶回书房。彼得·阿列克山得罗维奇跟着我走进来。我把脸藏到她怀里，越发紧紧抱住她，害怕得一动也不敢动。

"你怎么了，你们怎么了？"阿列克山得拉·米哈依洛芙娜再一次问。

"问她吧。昨天您还那样袒护她。"彼得·阿列克山得罗维奇说，沉重地坐到椅子上。

我越来越紧地抱住她。

"可是，我的天哪，这是怎么一回事？"阿列克山得拉·米哈依洛芙娜恐惧万分地说，"你们都这样生气；她受惊了，满脸泪水。安涅达，全都告诉我，刚才你们怎么了。"

"不，让我先说。"彼得·阿列克山得罗维奇说，走到我们跟前，他抓住我的一只手，把我从阿列克山得拉·米哈依洛芙娜身边拉开。"站到那儿，"他指着房子中间说。"我要在这位代替您母亲的人面前审判您。您请放心，坐下吧，"他接着说，扶着阿列克山得拉·米哈依洛芙娜坐到椅子上，"我很惋惜，我不能使您避免听到这个令人不快的说明；但这是必要的。"

"我的天哪！这会是什么事呢！"阿列克山得拉·米哈依洛芙娜说，十分痛苦地望望我，又望望丈夫。我搓着手，预感到那决定性的时刻就要到来了。我已经不再希望他的宽恕。

"总之，"彼得·阿列克山得罗维奇接着说，"我希望您能同我一起评判。您总是（然而我不明白您是根据什么，这只是您的一种想象），您总是——还在昨天，例如——想过而且说过……我不知道怎样来说，我为您的那种假设感到害臊……总之，您袒护她，您责备我，您怪我过分严厉；您还暗示我有另外某种感情，仿佛是那种感情叫我这么过分严厉的；您……但是我不明白，为什么在想到您这种假设的时候，我不能抑制自己的窘态和愧色；为什么不能直截了当在她面前公开说这些事……总而言之，您……"

"噢，您不可以这样！不，不许您说这个！"阿列克山得拉·米哈依洛芙娜叫道，她十分激动，羞得面红耳赤，"不，您宽恕她吧。这是我，全是我臆造出来的！现在我没有任何怀疑了。请原谅我那些愚蠢的怀疑吧，原谅我。我是个病人，我需要原谅，只是求您别对她说，不……安涅达，"她说，走到我面前，"安涅达，离开这儿，快点，快点！他在开玩笑；这都怪我；这个玩笑开得太不适当……"

"总之，您嫉妒我对她好。"彼得·阿列克山得罗维奇毫不怜惜地说出这些话,回答那痛苦地期待他原谅的妻子。她大叫一声,脸发白,靠在椅子上,几乎要跌倒。

"上帝饶恕您!"她终于用微弱的声音说,"原谅我,别生他的气,涅朵奇卡,原谅我;这都怪我。我是一个病人,我……"

"可这是暴虐、无耻、下贱的行为!"我终于明白了一切,明白了他要在妻子面前指摘我的原因,我疯狂地叫起来,"这种行为应当受到唾弃;您……"

"安涅达!"阿列克山得拉·米哈依洛芙娜叫道,恐惧地抓住我的手。

"喜剧,这简直是一个喜剧!"彼得·阿列克山得罗维奇说,十分激动地走到我们面前。"喜剧,我对您说,"他接着说,脸上露出一丝凶恶的微笑,凝视着妻子,"在这全部喜剧里,只有您一个人是受骗的。请相信我,我们,"他指着我,气呼呼地说,"都不怕说起这种事情;请相信我,我们都已经不那样纯洁了,会在别人对我们说起这种事情的时候,感到侮辱、羞耻或是要掩住耳朵。请原谅我,我的话说得太直率，也许粗鲁，但是——这是恰当的。太太，您有把握说这位……姑娘的行为是规矩的吗？"

"天哪！您怎么了？您太放肆了！"阿列克山得拉·米哈依洛芙娜吓得脸色苍白，呆呆地愣了一会儿说。

"请别这么大惊小怪！"彼得·阿列克山得罗维奇用轻蔑的口吻打断她的话，"我不喜欢这样。在这里，事情既简单又明了，不足为怪。我问您，知道不知道她的行为……"

但我没有让他把话说完，我抓住他的手，用力把他拉到旁边。再过一分钟——可能一切都完了。

"不准说出信的事！"我迅速地低声说，"您会立刻杀死她的。责备我也就是责备她。她不会裁判我，因为我知道一切……明白吗，我全知道！"他非常惊异地凝视着我——他狼狈起来；血涌上他的脸。"我全知道，全知道！"我重复说。

他还在犹豫。在他嘴边浮现出一个疑问。我抢先说道：

"是这样一回事，"我向阿列克山得拉·米哈依洛芙娜大声说，她这时正胆怯地、烦恼地、惊奇地望着我们，"都怪我，我瞒着你们已经有四年了。我拿了图书室的钥匙，四年来我一直偷偷地读着书。彼得·阿列克山得罗维奇碰到我正在读一本……不能，不应当在我手里的书。因此为我担心，他就在您面前夸大其词！……但我并不替自己辩白（我发觉他嘴边露出一丝嘲弄的微笑，急忙说）：都怪我不好。真是鬼把我迷住了，既做错了，就再也不敢说出来……就是这些，刚才我们中间发生的差不多就是这些……"

"啊，回答得多漂亮！"彼得·阿列克山得罗维奇在我身旁低声说。

阿列克山得拉·米哈依洛芙娜十分注意地听完我的话，但是在她脸上显然露出不相信的神气。她一会儿望望我，一会儿望望丈夫。都不作声。我好不容易喘了口气。她把头垂在胸前，用手捂住眼睛，在思索什么，显然，在估量着我说出的每一句话。最后，她抬起头，打量着我。

"涅朵奇卡，我的孩子，我知道你不会撒谎，"她说,"这是刚才发生的事情的全部吗,当真的?"

"是的。"我回答说。

"是全部吗?"她又问丈夫。

"是的,是全部,"他吃力地回答说,"是全部!"

我深深地吁了口气。

"你可以向我担保?涅朵奇卡?"

"可以。"我干脆回答说。

但是我忍不住向彼得·阿列克山得罗维奇看了一眼。他听到我的肯定的回答,笑了笑。我脸红了。可怜的阿列克山得拉·米哈依洛芙娜看出了我的窘态。她脸上流露出一种痛苦的令人窒息的烦恼。

"别说了,"她忧郁地说,"我相信你们。我不能不相信你们。"

"我认为这种表白已经足够了,"彼得·阿列克山得罗维奇说,"您听见了吗?现在您怎么想?"

阿列克山得拉·米哈依洛芙娜没有回答。情况越发严重了。

"明天我就来重新查点所有的书,"彼得·阿列克山得罗维奇接着说,"我不知道那里还有什么书；但……"

"可是，她读的是哪一本书呢？"阿列克山得拉·米哈依洛芙娜问。

"书吗？您自己回答吧，"他向我说，"您比我更会说明问题。"他暗示讥讽地补充说。

我窘了，说不出一句话来。阿列克山得拉·米哈依洛芙娜脸红了，垂下眼睛。经过长时间的沉默。彼得·阿列克山得罗维奇在房间里烦恼地来回踱着。

"我不知道你们是怎么回事，"阿列克山得拉·米哈依洛芙娜终于胆怯地开始说出每一个字来，"但是，假使只是这么回事，"她接着说，尽可能使自己的每个字含有一种特殊的意味，她显然竭力不看自己的丈夫，然而他那呆滞的目光已经使她发窘了，"假使只是这么回事，那我不明白我们为什么都这么伤心、绝望。主要应该怪我，怪我一个人，正是这一点，使我感到很难过。我忽视了对她的教育，我应该对这一切负责。她应当原谅我，而我不能也不敢去责备她。然而我们为什么又这样绝望呢？危险已经过去了。您看她，"她说，越来越激动，而且向自己丈夫投过追究的目光,"您看她,莫非她的不谨慎的行为带来了什么后果?莫非我不了解她,我的孩子,我的可爱的女儿吗?莫非我不知道她的心是高尚纯洁的,在她这善良的头脑里想着什么吗?"她继续说,抚摩着我,把我拉到她怀里,"她的理智是清楚明晰的,良心不准许她欺骗……别说了,我的亲爱的!我们不要再说了!大概,在我们的烦恼中隐藏着另一种东西;也许,仇恨的阴影偶尔笼罩住我们。但我们会用爱情、用友谊来把它驱散,消除掉我们的怀疑。也许,我们中间还有许多事情没有谈清楚,而这首先应该怪我。我头一个隐瞒了你们,我的心里首先产生了那些天晓得是什么样的怀疑,而这些怀疑是我这有毛病的脑子在作怪。但是……假使我们已经在某种程度上说出了自己的想法,那么你们俩都应该原谅我,因为……因为,毕竟,我这种怀疑不是一件了不起的罪过……"

说完这些话,她怯生生地红着脸向丈夫看了一眼,烦恼地等待他回答。在他听她说话的时候,他的嘴唇边显出一丝嘲弄的微笑。他不再来回地踱了,把手背在后面，停在她面前。看来，他好像在审视、观察而且欣赏着她的狼狈相；她感到他在凝视她，她慌张起来。他等候着，好像在看她下一步怎么办。她越发感到狼狈了。最后，他发出低沉而漫长的尖刻的笑声，打破了这令人苦恼的场面。

"我可怜您，不幸的女人！"他不再笑了，终于苦恼而且严峻地说道，"您承担了一件您不能胜任的事。您想要干什么？您想叫我来负责任，您想用新的怀疑，或者，更正确地说，用旧的怀疑来扰乱我？您的话掩饰得很不好，您的意思是说，用不着生她的气，就是读了这些下流的书，她也还是个好姑娘，但是这些书的含意——照我看——似乎已经给她带来了某些成绩，而且还有，您自己要为她负责任；是这样的意思吗？并且，在说到这一点的时候，您还暗示出另一种意思；您觉得，我的多疑和迫害是出自另一种感情。甚至在昨天您还暗示我——请别打断我的话，我喜欢直截了当地说——甚至在昨天您还暗示我，有一些人（记得，照您说，这些人多半是些老成的、严肃的、正直的、聪明的、有本事的人，天晓得在您的好心肠发作的时候,还有什么好听的评语没有说到!),有一些人,我再说一遍,爱情(天晓得您怎么会想出这个词儿来的!)是用冷酷、急躁、严厉、多疑、迫害等方式来表示的。我已经记不准确了,您昨天是这样讲的吧……请别打断我的话;我非常了解您的养女;她什么话都可以听,我第一百次对您说——什么话都可以听。您被骗了。但是我不知道,您为什么要这么坚持,说我正是这么一种人!天晓得为什么您要把我装扮成这么一个丑角。爱这样一个姑娘,已经不是我这样年岁的人了;而且,毕竟请相信我,太太,我知道自己的责任,尽管您慷慨地不加追究,然而,我仍然要说,罪永远是罪,孽永远是孽,不管您把轻佻的感情赞扬得多么伟大,它仍然是可耻的、卑鄙的、下贱的!得了!得了!我再也不愿意听到这样龌龊的话!"

阿列克山得拉·米哈依洛芙娜哭了。

"让我来听这些话吧,让这些都是说的我吧!"她终于痛哭着抱住我说道,"纵然我的怀疑是可耻的,就让您那样残酷地去嘲笑它吧!但是你,我的可怜的孩子，你为什么该听这些侮辱人的话呢？而我却不能保护你！也不敢说话！我的天哪！我不能沉默，先生，我受不了……您的行为太放肆了！……"

"别说了，别说了！"我低声说，竭力安慰她，怕这样激烈的谴责使他受不住。我为她吓得浑身发抖。

"可是您瞎了眼！"他叫道，"您不知道，您也没有看到……"

他停了一下。

"离开她！"他对我说，从阿列克山得拉·米哈依洛芙娜手里把我的一只手拉出来，"我不准您靠近我的妻子；您玷污了她；您的罪过侮辱了她！但是……但是我干吗要沉默呢，当着应该而且必须说话的时候？"他跺了一下脚，叫道，"我要说，我要说出一切。我不知道，小姐，您究竟知道些什么，您想用什么来威胁我，我不管，您听着！"他转向阿列克山得拉·米哈依洛芙娜，"听我说。"

"不准说，"我叫道，扑过去，"不准说，不准说！"

"听着！"

"不准说，为了……"

"为了什么,小姐?"他打断我的话,咄咄逼人地向我很快瞪了一眼,"为了什么?要知道,我从她手里抢到她的一封情书!您看,我们家里出了什么事!您看您身边出了什么事!这就是您没有看到、没有发现的!"

我几乎站不稳了。阿列克山得拉·米哈依洛芙娜的脸色像死人一样苍白。

"这不可能!"她用几乎听不清的声音低声说。

"我看到了这封信,太太;它曾经落在我手里;我读了头几行,决不会错:信是她的情人写的。她从我手里把这封信抢回去了。现在在她身边——这很清楚,这是用不着怀疑的,如果您还不相信,那您看看她的脸,就再也不会怀疑了。"

"涅朵奇卡!"阿列克山得拉·米哈依洛芙娜叫道,她跑过来抱住我,"但是不,不要说,不要说!我不懂,这是怎么回事,是怎么搞的……我的天哪,我的天!"

她痛苦起来,用手捂住脸。

"但是不!这是不可能的,"她又叫道,"您弄错了。这……这我知道，是什么意思！"她说，凝视着丈夫，"您……我……我不能，你没有欺骗我，你不会欺骗我！开诚布公地对我说吧，他错了，嗯，是不是这样？他错了，他看到另一件东西，他眼花了，嗯，是不是这样？是不是这样？听着：为什么不把一切都告诉我，安涅达，我的孩子，我的亲爱的孩子？"

"回答，快点回答呀！"在我头顶上传来彼得·阿列克山得罗维奇的声音，"回答：我是不是看到过您手里的信？"

"看到过！"我回答说，激动得喘不过气来。

"这封信是您的情人写的，对吗？"

"对！"我回答说。

"您同他直到现在还有关系，是吗？"

"是的，是的，是的！"我说，已经神志不清了，对他所有的问题都给了肯定的答复，想使我们的痛苦得到结束。

"您听到她说的话了吧。那么，您现在还有什么说的？相信我了吧，过于轻信的好心肠呀，"他握住妻子的手接着说，"相信我，别再去相信那些在您病态的想象中产生出来的东西了。您现在看到了,这位……姑娘是怎样的一个人。我只是想消除您的误会,使您知道那是不可能的。我早就发现了这一切,而且很高兴,毕竟能在您面前揭穿她。看到她在您身边,在您怀里,同我们坐在一张桌子上,而且在我家里,我就感到苦恼。您的盲目无知使我不安。这就是为什么,也只是因为这,我才注意她,监视她的;这种注意被您发觉了,您就拿天晓得的一种什么怀疑作为根据,在这上面大做文章。但是现在事情弄清楚了,再用不着怀疑了,明天,小姐,明天您不能再待在我家里了!"他最后向我说。

"不许这样说!"阿列克山得拉·米哈依洛芙娜从椅子上立起身来,"我不相信这一切争吵。别那么可怕地望着我,嘲笑我,我倒要来判明您的错误。安涅达,我的孩子,到我跟前来,把你的手给我,好,就这样。我们都是罪人!"她用哭得颤抖的声音说,而且温顺地看了丈夫一眼,"我们俩谁能责备谁呢?把你的手给我,安涅达,我的亲爱的孩子;我还不如你,比你更坏;你的罪过玷辱不了我,因为我也是,也是一个罪人。"

"太太!"彼得·阿列克山得罗维奇吃惊地叫起来,"太太!冷静些,别太任性了!……"

"我一点也不任性。不要打断我,让我把话说完。您看到她手里有一封信;您甚至还读了它;您说,而她……也承认这封信是她所爱的那个人写的。可是难道这就证明她犯了罪吗?难道这就允许您那样对待她,那样在您妻子面前欺侮她吗?是的,先生,在您的妻子面前?难道您考虑过这件事情?难道您明白这是怎么回事?"

"那我只好回避她或是请求她饶恕了。您是不是这个意思?"彼得·阿列克山得罗维奇叫道,"您这些话简直叫我受不了!您想想您在说什么?您知道不知道您说的什么?您知道不知道您在袒护谁?但是要知道,我看透了这一切……"

"可是您没有看到事情的开端,因为愤怒和傲慢挡住了您的眼睛。您看不到我要保护的是什么,想说的是什么。我并不是护短。但是您考虑过没有——倘若您考虑过,那您就会清楚地看到——您考虑过没有,也许,她像一个小孩子那样,是无辜的!是的,我并不是护短!我首先声明,倘若这使您感到非常快活的话。是的,假使她是一个妻子,母亲,而忘记了自己的责任,唔,那我同意您的说法……您看,我首先声明过了。记住这个,别再责备我!但是假使她是因为不知道这是坏事情而收到这封信,假使她是被那种没有经历过的感情所引诱,而又没有人去指点她,假使这首先应该怪我,因为我没有懂得她的心事,假使这只是第一封信,假使您用您的粗暴的怀疑伤害了她那贞洁而芬芳的感情,假使您用您对这封信的无耻的猜测,玷污了她的想象,假使您没有看到我现在所看到的,而且刚才也看到的——在她绝望、痛苦得不知道该说什么,悲痛地肯定了您所有的无耻的问话的时候,她脸上所流露出来的纯洁无瑕的少女的羞赧,是的,是的!这是无耻的!这是残忍的!我不认得您了;我永远永远也不会饶恕您!"

"饶恕我吧,饶恕我吧!"我叫道,紧紧搂住她,"饶恕我,相信我,不要抛弃我……"

我跪倒在她面前。

"而且,假使,"她气吁吁地说,"而且,假使没有我在她跟前,假使您拿那些话吓倒了她,假使可怜的她,自己也相信自己是有罪的,假使您使她的良心和灵魂感到不安,您搅乱了她内心的平静……我的天哪!您想把她从家里赶出去,但是您可知道,这是在对付谁?您知道,倘若您要把她赶出去,那就不如把我们俩——还有我一起赶出去的好。您听到我的话了吗?先生?"

她的眼睛炯炯放光;胸部一起一伏;她那病态的紧张已经达到顶点。

"这些话我听够了,太太!"彼得·阿列克山得罗维奇终于叫道,"算了吧!我知道柏拉图式的爱是什么——而且从我的不幸中我领会过这个,太太,听见吗?是从我的不幸中。但是,太太,要我同镀了金的罪恶和睦共处是不可能的!我不能谅解它。丢开那些花言巧语吧!如果您觉得自己有罪,如果您知道自己有过错(这不是我要提醒您,太太),而且,如果您高兴离开我的家……那么我只有对您说,提醒您,您何不在当时……几年以前去实现自己的心愿,如果您忘记了,那么我提醒您……"

我向阿列克山得拉·米哈依洛芙娜看了一眼。她紧紧靠着我,内心的痛苦使她疲惫不堪,她在无限的悲痛中半闭着眼睛。再过一分钟,她就会摔倒的。

"哦,看上帝面上吧,哪怕就饶恕她这一次!不要说出最后的话!"我说着,跪倒在彼得·阿列克山得罗维奇面前,我竟没有注意到自己说漏了话。但是已经晚了。发出了一声微弱的叫喊,对我的话作了回答,可怜的女人失掉知觉倒在地板上了。

"完了!您害死了她!"我说,"快叫人来救她!我到您办公室里等您。我要和您谈谈;我要告诉您一切……"

"什么事?什么事?"

"一会儿再说!"

昏迷的状态继续了两个钟头。家里人都十分担心。医生怀疑地摇着头。过了两个钟头我走进彼得·阿列克山得罗维奇的办公室。他刚刚从妻子那里回来,在房间里来回踱着,咬得指甲出血,他脸色苍白,精神恍惚。我从来没有看见过他这样。

"您要对我说什么?"他用严厉粗野的声音问,"您想对我说什么?"

"这就是那封您要从我手里抢去的信。您还认得它吧?"

"是的。"

"拿去吧。"

他拿住信,把它举到亮处。我注意地看着他。没有几分钟他便急速地翻到第四页,读了签名。我看到他的脸突然红了。

"这是什么?"他惊讶得愣了一下问我。

"三年前我在一本书里发现了这封信。我猜想它是被忘在那儿的,我读了它——知道了一切。从那时起它就留在我身边,因为没有人好给。她吧,我不能给。您吧?您不会不知道这封信的内容,然而在这里面却包含着整个悲痛的故事……您装假的目的是什么——我不知道。这一点我现在还不明白。我还不能看透您那卑鄙的灵魂。您想在她面前占上风,并且已经占了上风。但这又何必呢?是为了战胜一个病人的幻影,战胜一个病人的不正常的想象!是为了要向她证实,她迷过路,因此您比她清白,是吗?您达到目的了,因为她这种怀疑——成了她那在逐渐熄灭的理智中固执的思想,或者说,成了那颗被毁灭的心对您和人们给她的不公正裁判的最后抱怨。'您爱我,有什么了不起?'这就是她要说的话,这就是她想要对您证明的东西。您的虚荣心,您的自私和嫉妒,太残酷了。再见吧!用不着解释!但是当心,我知道您的一切,看透了您,别忘记这一点!"

我回到自己房间里,几乎想不起自己怎么了。在门口奥沃洛夫,彼得·阿列克山得罗维奇的助手叫住了我。

"我想同您谈谈。"他客气地行了个礼,说。

我望着他,好不容易才懂得了他对我说的话。

"以后吧,请原谅我,我不舒服。"我终于回答说,走过他身边。

"那就明天吧。"他告辞说,脸上露出一丝用意不明的微笑。

但是,也许这只是我的感觉。所有这些,好像在我眼前一闪而过。

译后记

《涅朵奇卡·涅茨瓦诺娃》是陀思妥耶夫斯基的早期作品。据一九五六年出版的《陀思妥耶夫斯基全集》俄文版编者的附记里说,他用两年多的时间写成,在一八四九年以《涅朵奇卡·涅茨瓦诺娃,一个女人的遭遇》为题,发表于《祖国纪事报》。

《涅朵奇卡·涅茨瓦诺娃》是年轻的陀思妥耶夫斯基第一次以广阔的社会生活为背景,来刻画一个人从童年到成年的性格的发展。作品里的主要人物——涅朵奇卡和她的继父叶菲莫夫,她的母亲,她的童年的好朋友卡加郡主,她的保护人阿列克山得拉·米哈依洛芙娜及其情人,都是一些幻想者。他们的幻想,碰到冷酷、腐朽、污浊的现实,发生激烈的冲突,而最后以悲惨的结局告终。穷乐师叶菲莫夫,很有天才和个人抱负,却得不到正当的教育,没有养成勤劳的习惯,丧失了人性,变为一个乖戾的狂人,杀死了爱他并且同他一样爱幻想的妻子,同时也结束了自己苦恼的一生;骄纵任性的卡加郡主,同涅朵奇卡的友情是那么纯真、那么狂热,却为冷酷的现实所阻碍、所拆散;米哈依洛芙娜,美丽而且善良,却被自己的丈夫折磨而死……所有这些,都是通过一个可怜的孤女——涅朵奇卡的经历展现出来的。女主角涅朵奇卡,开始生活在穷乐师那个阴暗、冷酷的家庭里,从小养成孤僻和爱幻想的性格。她天天从自家小阁楼的窗户里,望着对面富贵人家豪华的宅第,发生许多美妙的幻想;而后来,她的家庭遭到变故,她先后被两家贵族收养,进入了富贵人家,但在那里她却碰到了更阴暗、更冷酷的现实。她逐渐感觉到人们相互关系中不合理的现象,克服自己的孤僻和幻想,变成一个热情而倔强的小姑娘,挺身出来反对卑鄙的行为。(这种卑鄙行为的代表,就是米哈依洛芙娜的丈夫彼得·阿列克山得罗维奇。据说,这个人物形象,就是后来作者在《被侮辱和被损害的》里所描写的那个恶棍——瓦尔科夫斯基公爵的雏形。）

  这篇小说在《祖国纪事报》上发表，本来分为三章：《童年》《新生活》和《秘密》。后来，作者因参加革命活动被捕、被流放，就没有继续写下去。一八六〇年作者自编选集时，曾经大加修改，改成现在这样。我国在一九三七年曾经出版过一种译本，译者绮纹，题为《野非卯夫》，但只译到全文的第三章，而且，大概是根据英译本转译的，其中颇多删节和错误。这次我们翻译，虽然经过反复推敲，并且在好几个疑难处请教过苏联同志，但由于作者的描写，特别是人物性格的描写极为精深、微妙，我们水平有限，有时很难确切地领会，更难确切地表达。因此，译文的错误和缺点一定是有的，请读者指正。

一九五九年五月十六日

新
流
xinliu

产品经理_于志远　特约编辑_王静
封面设计_朱镜霖　营销编辑_肖瑶　产品监制_吴高林

鸣谢

莫斯科苏联人民艺术家伊利亚·格拉祖诺夫国立美术馆
Moscow State Art Gallery of the People's Artist of the USSR Ilya Glazunov
Volkhonka Street 13, Moscow, Russia, 119019
www.glazunov-gallery.ru

流动的智慧　永恒的经典

图书在版编目(CIP)数据

涅朵奇卡:一个女人的遭遇/(俄罗斯)陀思妥耶夫斯基著;陈琳译. —— 南京:江苏凤凰文艺出版社,2024.6(2025.8重印)
ISBN 978-7-5594-8613-4

Ⅰ.①涅… Ⅱ.①陀… ②陈… Ⅲ.①长篇小说-俄罗斯-近代 Ⅳ.①I512.44

中国国家版本馆CIP数据核字(2024)第082648号

本书文字作品由中国文字著作权协会授权,电话:010-65978905,传真:010-65978926,E-mail:wenzhuxie@126.com。

涅朵奇卡:一个女人的遭遇

[俄罗斯] 陀思妥耶夫斯基 著 陈琳 译

责任编辑	白　涵
特约编辑	王　静
装帧设计	朱镜霖
责任印制	杨　丹
出版发行	江苏凤凰文艺出版社
	南京市中央路165号,邮编:210009
网　址	http://www.jswenyi.com
印　刷	天津中印联印务有限公司
开　本	710毫米×1000毫米　1/32
印　张	9.75
字　数	136千字
版　次	2024年6月第1版
印　次	2025年8月第7次印刷
书　号	ISBN 978-7-5594-8613-4
定　价	38.00元

江苏凤凰文艺版图书凡印刷、装订错误,可向出版社调换,联系电话:025-83280257